好感度カンスト王子と転生令嬢による乙ゲースピンオフ

2

クリストファー
真面目で誠実な王太子。
セラフィーナと婚約することになるが、その愛の重さは目を見張るものがある。
セラフィーナ
カムデン侯爵家令嬢。事なかれ主義な転生者。
普段はふわふわの猫ちゃんを被っているが、内心では言いたい放題している。
登場人物紹介

国王
温厚で茶目っ気がある国王。
けれども、執務においてはその限りではない。
ローランド
セラフィーナの兄。
妹いじりが生きがいのちょっと歪んだイイ性格をしているが、根は真面目。
フィオリーナ
明るく素直で心優しく天真爛漫な乙女ゲームのヒロイン。
しかし逆を返すと、ド天然の花畑でもある。
フェリシア
マローン公爵令嬢。
おかん気質な世話焼きで人情は厚いが、うだうだ煮え切らないのは苦手。

序．セラフィーナちゃんによる、これまでのおさらい。（読み飛ばし可）

ハァーイみんな、セラフィーナよ！

今日はみんなと一緒に、これまでのお話のおさらいをするわね！　準備はいい？

……初《しょ》っ端《ぱな》からかっ飛ばし過ぎて、既に息切れしそうな気がするので、通常モードに戻らせていただこう。

私の名前はセラフィーナ・カムデン。カムデン侯爵家の娘だ。家族構成は両親と兄。あと隠居している祖父母も居る。……隠居してしまっているので、滅多に顔を合わせる機会もないのだが。たまにはおじい様たちにもお会いしたいわね〜……。

『地球で生まれて、生きて、死んだ』という、所謂《いわゆる》『前世の記憶』なんてものがある。そして私が今生きているこの世界は、明らかに地球ではない。

そう。『異世界』だ。『異世界転生』だ。

そして私の記憶によれば、この世界は『とある乙女ゲームの舞台』だった。この世界……っていうか、『この国』が、か。

ただ私は、そのゲームをプレイした事がない。

そのゲームの（恐らく）メインルートである『王太子ルート』を原作としたマンガを読んだ事があるだけだ。しかもナナメ読みだったので、ディテールなんかはさっぱりだ。ナナメ読みになるのも仕方ないくらい、ヒロインも王子もお花畑だったのだ……。

けれど、薄《うっ》すら記憶に残っていたゲームの王太子の名前と、私が今居るこの国の王太子の名前が一致した。

異世界転生。原作アリの世界。高位貴族の娘。それらを足していくと、『乙女ゲームに何らかの形で巻き込まれる』可能性が高い。

けれど私は、「まあ自分には関係なかろう」と高を括《くく》っていた。

何故って？

だって乙女ゲームのメイン攻略対象者である王太子、私より七つも年上だったんだもん。

フツー、絡む要素なんて見当たらないじゃん。しかも我がカムデン侯爵家は、政治の中枢などから程遠い、穏健を通り越して既にやる気のない域の家だ。政治的にも、王家となんぞ絡む理由がない。

じゃあ何にも気にする必要ないじゃん。ヨユー、ヨユー。……そんな風に思い生きてきたのだが。

何故かその、『ビタ一絡む要素すらない』王太子から、婚約者として指名されてしまった。

意味ガ分カラナイヨ……。

そして初めてお顔を合わせる王太子は、何故か私をめっちゃ愛しそうな目で見てくる。

更ニ意味ガ分カラナイネ……。

そしてそして、王太子は名前や肩書きなどこそゲーム（というかマンガ？）の通りだったが、それ以外の性格やら何やらはゲームと真逆くらいのお人であった。

まあこれに関しては、ゲームの王子より断然好感が持てるので、本当に良かった点の一つだ。というか、嫌う点が見当たらないくらいの人だし……。

にしても、王太子クリス様の私への好感度の高さが謎過ぎる。そもそも、何で私なのか、とか。

……初対面ですよね？


そんな疑問を知り合ってから数年後にクリス様にぶつけてみたのだが、その時のお返事は「いつか必ず話すから、もう少し、待ってもらえないだろうか」だった。

おまけに、「もう少しだけ、時間が欲しい。……君に、全て話すだけの勇気と覚悟を、準備する為に」と、謎の重てぇ台詞まで付いてきた。

話すのに『勇気と覚悟』が必要なレベルのお話って、どんなんですか？

そんな風に思っていたのだが……。


私が十三歳の冬。七つ年上のクリス様は、二十歳であらせられる。

クリス様が「いつか、君が訊ねただろう？『何故君を婚約者として選んだのか』と」と前置きし、その理由を話し始めた。……のは、良いのだが。

想像以上に、とんでもない話だった。

まず、今私の目の前に居るクリス様は、何度も何度も人生を『やり直し』ている人だという事。

一回目のクリス様は、私の知る乙女ゲームの展開そのままの道を辿り、お花畑満開な俺様王子であったが故に、誰からも顧《かえり》みられることもなく孤独に餓死をする事。

……乙女ゲーム後日譚《ごじつたん》が、まさかの『圧政からの民衆による蜂起、そして国家の瓦解』という結末だよ。どこの『ざまぁ系小説』だよ……。


そんな餓死寸前のクリス様に、我が国の国宝である『精霊の石』が「やり直すとしたら、どこへ戻る？」と問うてきたそうだ。

わお、ファンタジー！

そしてここから、クリス様の長い長い『やり直し』人生が始まる……のだが。

『一回目』のクリス様が餓死寸前になっているのが、二十五歳の頃なのだそうだ。そして何度やり直しても、クリス様は二十五歳で死を迎える。そして死ぬ度に『精霊の石』によって『やり直し』をさせられる。

死因は毎回異なるそう（餓死だったり、殺されたり色々）なのだが、タイムリミットとでも言うべき年は『クリス様が二十五歳の年』らしい。

果たしてクリス様は、このデスループを抜けられるのか⁉　抜けるには、どうしたら良いのか⁉

……なんかもう、クリス様のお話を聞いてるうちに、『どうして私を婚約者として選んだのか』とか、どーでも良くなってきたわ……。

そんなんより、クリス様がデスループを抜けられるのかどうかの方が気になるわ……。


そしてクリス様のお話は、何度かのやり直しを経て、『五歳のお茶会の日』からやり直した回へと突入していた。

五歳時に戻った理由は、『信頼できる味方を作る為』だ。

その為に必死で様々な事を学習し、身に付けられたクリス様は、もう『俺様花畑王子』ではない。大分、今私の目の前にいらっしゃるクリス様に近い。

そしてデスループを抜ける為、それまでのやり直しで得た情報から、様々な網を張ってクリス様を殺す『敵』とも言える相手の動きを注視している。

その中の一つ『隠密を乙女ゲームのヒロインちゃんの家に派遣する』という出来事の後の話だ。派遣した隠密から送られてきた井戸の桶から、毒物が発見された。それは恐らく、ヒロインちゃんの母親を狙ってのものだ。

「この時点でのクリス様は何歳なのですか？」

「隠密から桶が送られてきた時点では、十三歳だね。二十五までは十二年、十八までならあと五年だ」

簡潔に即答して下さるクリス様、素晴らしいです。

「フィオリーナ嬢のお母様が亡くなられるのも、クリス様が十八の年なんでしたっけ?」

「そうだね。正確に言うなら『私が十八になる年』だから、私が十七歳の内の一年間……かな」

という事は、桶に毒が仕込まれてから、ヒロインちゃんのお母さんが亡くなるまでには四年の猶予があるのか……。

それはつまり――

「桶に仕込まれていた毒というのは、体内に蓄積する系統の物なのですね」

「その通りだね。体内に留まり、ゆっくりと着実に臓器を蝕んでいく。……それで亡くなったのが要人などであるのならば、その遺体を検《あらた》める事なんかもあっただろうけれど、辺鄙《へんぴ》な農村の女性が体調不良で亡くなった事を怪しむ者なんかはまず居ない」

そりゃそうだ。

政敵なんかが居るような人物であれば謀殺も疑われるだろうけれど、善良な農民が一人亡くなって「暗殺されたに違いない!」なんて誰も思わない。というか、そんな事を言いだす人が居たら、陰謀論者か何かだと思われそうだ。

「……つくづく、隠密の働きに感謝ですね……」

辺鄙な農村に暮らす、善良で美しいが特に変わった点がある訳でもない女性の身辺警護……などという、意味の分からな過ぎる依頼を確実にこなしてくれている彼に。

……まあ彼は、ただ普通に『ハッピー・スローライフ』を送っているだけのような気もしないではないが。

「そうだね。彼が特に何の疑問も抱かず、私の意味不明であろう依頼を遂行してくれていた事には、本当に感謝しかない」

苦笑しながら言うって事は、クリス様もやっぱり、隠密は『幸せ農村生活』を満喫してるだけ……とか、ちらっと思ってますね？

まあ、それはさて置き。

「フィオリーナ嬢のお母様が、彼女が十六歳を過ぎても存命であれば、確実に『何か』が大きく変わる……」

「その通りだ」

私の言葉に、クリス様が頷く。

「それ以前のやり直しでは毎回、フィオリーナは『フィオリーナ・シュターデン』という『伯爵令嬢』として、私の十八の生誕祝賀に現れる。けれど、彼女の母親が存命であれば――」

「フィオリーナ嬢は、伯爵家へ養女として取られる事もない」

微笑んで「その通り」と頷くクリス様に、私も頷き返した。

確かに、ヒロインちゃんの存在は、ものすごく大きなカギなのだろう。『乙女ゲーム後日譚』がイコールで『国の破滅』なのだとしたら、ヒロインちゃんが舞台に上がった時点で詰《つ》みだ。

そこに自力で辿り着いたクリス様、すげぇわ……。

とりあえず、今の時点でクリス様がやっている事は『シュターデン《黒幕》の動きを見張る事』と、『ヒロインちゃんの境遇を変える事』だ。

果たしてそれが、どんな結果になるのか……。

「クリス様、お話の続き、お願いします」

不謹慎かもしれないが、ちょっとワクワクしつつクリス様を見た私に、クリス様は少しだけ楽しそうにくすくすと笑われた。

「では、続きを話そうか――」

1. 得てきたもの全てが、今の私の力となっている。

これだけ様々な要素を変えてみても、シュターデンの連中の暗躍は止まない。

という事は、『これだけの事が変わっても、計画を曲げられない理由がある』のだろう。

それまで私は『愚かな王子が居た事をこれ幸いと、雌伏《しふく》していたシュターデンが暗躍を始めた』と考えていたのだが、それは逆なのではないか？

元々、現シュターデン当主の代で事を起こそうとしていたところに、都合よく担ぎ易い愚かな王子が出た……というのが正解なのではないだろうか。

だとすれば、私が多少小賢しくなったところで、連中が止まる道理はない。

では何故、シュターデンは『今』動こうとしている？　これまでの百年の月日と『今』とで、何が違っている？

私が仮定した『シュターデンはある宗教一派の狂信者で、狙いは精霊の石である』という点から探ってみるか。

他に糸口もないので、私はそう決めて動き始めた。

例の宗教一派は、信者の数がとても少ない。シュターデンの故郷の一地方に数百人程度居るか居ないかだ。これは、彼らの教義が過激であった事が最大の原因なのだが。

彼らの教義では、殺人や窃盗であっても、『崇高なる目的達成の為の手段』として是認される。

だが、きちんと『国家』としての体《てい》を成している場所で、それら行為を是《ぜ》とする場所はないと言っていい。

彼らの神が認めた行いであるかもしれないが、国家からしたらそれは単なる犯罪行為だ。

そういった道徳観や倫理観が、全く噛み合わない。

犯罪として取り締まっても、それは『国家』の都合であって、彼らの中でそれは罪でも何でもないのだ。

そして彼らは、その教義がおかしいなどとは微塵《みじん》も考えない。まあ狂信とはそういうものだ。

全く噛み合わぬ道徳観を持つ者というのは、集団生活においては特異点となる。そこに暮らす者の中で、排斥しようとする動きが起こるのも無理はない。

何せ、彼らが居るだけで、法が法として機能しなくなる可能性があるのだから。

(彼らの視点からすれば)迫害され、様々な場所から排斥され、彼らが最終的に身を寄せたのが、今あるコミュニティだ。

彼らにとってそこは『聖地』なのだそうだ。宗教的な謂《いわ》れなどの全くない土地だが、まあ彼ら自身がそう言うのだからそうなのだろう。

私は人をやり、その『聖地』とやらと、そこに暮らす人々について調べてみる事にした。

私はその頃、十四歳だった。

ある日、フィオリーナの村にやった隠密から、怪しい人物を捕らえたと報告があった。引き渡したいので人を派遣してくれ、と。

さて、何が釣れたか。シュターデンの目論見《もくろみ》に近付けるものであれば良いのだが。

村の近郊に詰めている騎士に通達を出し、その人物を引き取りに行かせた。だが、一歩遅かった。捕らえられたのは中年の男だったのだが、捕らえられていた納屋で死んでいた。どうも口中に毒薬を仕込んでいたらしい。

猿轡《さるぐつわ》を噛ませていたのだが、意地で仕込んだ毒薬を飲み込んだようだ。

そこまでするか？

だがもしも、これが狂信に基づいたものであるならば、そういう事もあるのかもしれない。

結局その男については何も分からず、収穫はほぼなかった。

自殺に使われた毒薬は神経系を麻痺させる即効性のあるもので、入手はさほど難しくもないものだった。多少の野草の知識と精製の知識さえあれば、素人であっても作る事の出来るものだ。

村人ではないし、近隣の集落に訊ねても男の身元は不明だった。

ただ少々気になったのは、その死んだ男の見目が、どことなく隠密に似ている事だった。髪や目の色は同じで、遠目に見たら間違えそうなくらいに背格好も似ている。

もしや、フィオリーナの母を何らかの手段で殺害し、その後隠密も殺し、隠密になり替わろうとしていた？　……いや、無理があり過ぎる。

だがシュターデンが、その無理な計画でも実行しようとするくらいに焦っているのだとしたら？

……これは、『聖地』へ調査に行った者の報告を待つとしよう。

それから数か月して、調査にやっていた者が戻ってきた。

報告を聞いて驚いた。

例の宗教一派は、信者の数が数十人にまで減っているそうだ。私が参考にしていた書物は、二十年程以前に刊行されたものだ。たった二十年で、それ程に減るものだろうか。

元々閉鎖的であったコミュニティは、今では閉鎖的どころか、外部の人間を完全に中に入れなくなっているらしい。

そしてそれはやはり、彼らの教義故《ゆえ》の排斥と、改宗・棄教を望む者の離脱によるものだった。

更に、残った数十人の内、大半が老人であるようだ、と報告を受けた。

調査にやった者は、そのコミュニティに居る比較的年若い人物に話が聞けたそうだ。『年若い』といっても、既に三十代は超えているであろう男性だったそうだが。

その男性の話はこうだ。自分たちやそれより若い者たちは、老人どもが死ぬのを待っているのだ、と。自分たちにはこの宗教を信奉しようなどという気はない。どう考えても、この集落には未来がない。宗教自体もそうだ。

なので、狂ったように教義を盲信する老人どもが、勝手に死んでしまうのを待っているのだ、と。

改宗や棄教を願い出ると、恐らく殺される。勝手に集落を抜け出したとしても、いつ見つかるかと怯える日々があるだけだ。時間さえ経てば、老人どもは勝手に死ぬ。そうしたらこの村を燃やし、俺たちは自由になる。

『世代の交代』が『宗教の消滅』と同義なのだ。成程、それはシュターデンが焦る理由にもなる。

そして男性は、調査にやった人物に忠告してくれたそうだ。

あんた、この集落を嗅ぎ回るんなら、精々気を付けなよ。今、この国の偉いさんに、ここの出身者が一人食い込んでるんだ。何調べてんのかは分かんねぇが、見付かったら厄介だぜ。

男性は親切にも、『国の偉いさん』の名前を教えてくれたそうだ。

更に調べた結果確かに、『法務』という最も彼らが触れてはならない部門に、この集落出身の人間が居たらしい。

出身地は巧妙に偽装されていたそうだが、例の集落出身であるという事実を知る者からしたら、辿る事は難しくなかったそうだ。

しかもその人物は、法務大臣などという要職に就いており、王からの信も篤《あつ》いと評判だった。

調査に行ってくれた者は「殿下が何をお調べになりたいのかは存じませんが……、これ以上の深入りはおやめになった方が賢明かと」と締めくくった。

危険な調査に行ってくれて有難う。非常に有益な情報ばかりだった、と労《ねぎら》い、一応暫《しばら》くは身辺に注意を払うように忠告しておいた。

この『敵』は、数こそ多くはないが、思った以上に厄介な相手なのでは？　他国の大臣なんぞが絡んできてしまった。

確かにこれは、下手につついたらとんでもない事態になる。

シュターデンが信教の元に動いているという確証はないが、もしそうだった場合、他国の大臣などという要人が動く可能性が出てきた。

さて、どうするか……。

……友人たちに、手を借りるか。危険ではあるのだが、それでも手を貸すと言う者からだけ助力をもらおう。

私はそう決めて、友人たちに宛てて手紙を書いた。

この日、この時間に城へ来て欲しい。話したい事がある、と。

書き上げた三通の手紙を侍従へ託し、彼らに何をどう話そうかと考えるのだった。

「三通?」

仲良し六人組なのに? 二人ほどハブられてますけど?

「そう。私は『令息だけ』に手紙を書いた。公爵令嬢とセラには書かなかったんだ」

「何故です?」

仲間外れ、ヨクナイネ。

「どうにも物騒でキナ臭い部分しかない話だ。巻き込む相手は少ない方がいい」

まあ……、それは確かに。

「あと……」

あと?

クリス様は言葉を切ると、私を見て微笑んだ。その笑顔は相変わらず、眩しそうに瞳を細め、大切なものを慈しむようなあの『好感度カンスト』な笑顔だ。

「可能であるならば、君を巻き込みたくなかった。危険な事がありそうだからこそ、そこから君を遠ざけたかった」

うっ……。笑顔が眩しすぎて、直視できないわぁ……。

「セラを一人だけ外す……というのも不自然かと思って、公爵令嬢も外したんだ。そうすれば三人はきっと、『ああ、女性を外したのだな』と思ってくれるだろうと」

集まってくれた三人に、私は簡単に事のあらましを話した。詳しい事情は話せないのだが……と前置きをして。

まず、シュターデン伯爵家が、例の宗教の信者である可能性がある事。そしてその宗教の信徒が近年急激に数を減らしている事。その信徒たちは我が国の国宝である精霊の石を特別視している事。

そこから先は、私が繰り返してきたやり直しの中で見聞きした事を『推測』として話した。

その宗教の信徒たちは、精霊の石を奪還する作戦を立てているらしい事。

『奪還』の実行部隊として、シュターデンが古くからこの国に潜伏しているのではないかという事。

連中の教義に則《のっと》れば、『奪還』という正しき行いの為であれば、この国がどうなろうがそれは罪でもなんでもなくなるという事。

シュターデンとその宗教の関連性は、まだ確証は取れていない。

シュターデン家は見張らせているが、家に出入りするのはこの国の商人などばかりで、これと言って怪しい人物などは居ない。

確証さえ取れれば、連中の動きはもっと読み易くなる。

それが確定したとして、迫害や排斥などをするつもりはないが、あの宗教の信徒と周知されればシュターデンの言葉に耳を傾ける者は減るだろう。

もしかしたら起こってしまうかもしれない惨事を、未然に防ぎたい。どうか力を貸してほしい。

ただ、相当に危険であることは確かだ。降りるというのであっても、私はそれを咎めるつもりはないし、勿論、非難するつもりもない。

話し終えて、さて三人がどう出るか……と待っていると、まず公爵令息が口を開いた。

「あのシュターデンという家は、相当に評判が悪いようです。社交なども殆《ほとん》どせず、家に引き籠っているのだとかで……」

「商人が出入りしていると仰いましたが、それは本当に商人ですか？　あの家は、金払いが悪い事で有名です」

「いい噂がナイんですよねー、あの家。今の伯爵の兄だったかが出奔《しゅっぽん》した時、結構な噂になったとか」

公爵令息に続き、子爵令息、侯爵令息もそれぞれそんな事を口にした。

『シュターデン伯爵家』という家が、それほど悪評の的になっていたのにも驚いたが、それよりも彼らは――

「協力いたしますよ、クリス様」

代表するように公爵令息が言い、他二人も笑顔で頷いてくれた。

ああ……、一人じゃない。

味方が居るというのは、これ程に心強いものなのか。

何度も何度も、一人で足掻いては何も変えられず、何をどうしたら良いのかも分からなくなりそうだったというのに。

私はどうして、一回目からこう出来なかったのだろう。

今回どのような結末になるにしても、離宮で一人、餓死を待つ事だけは回避できそうだ。

そして、この誰が見ても危険と分かる話に、それでも協力すると言ってもらえる程、私は彼らと『友』になれたのか。

今まで何度繰り返したか知れない『やり直し』が、何だか少し報われたような気がした。嬉しくて、うっかり泣いてしまいそうになったが、それは奥歯を噛んで何とか耐えた。

……多分、気付かれていただろう。けれど、三人とも指摘してこなかった。なんて『いい奴ら』なのだろうか。

そんな感傷に浸っていたのだが、彼らはとんでもない事を言い始めた。

「セラフィーナ嬢はともかくとして、フェリシア嬢は巻き込んでも良かったのでは？」

……え？　何がだ？

「クリス様がセラを巻き込みたくない気持ちは分かりますけどねー。でもこんなの、もしバレたらめっちゃ怒られそう」

え？　は？

「セラフィーナは独特な視点をしていますからねえ。大切な人を守りたいクリス様のお気持ちも分かりますすけど、彼女にもちょっと意見を聞いてみたいですねえ」

いや、あの……、……え⁉

彼らは何を言っているのか。訳が分からずきょとんとしてしまった私に、公爵令息が笑いながら言った。

「ご自分で気付いていてらっしゃらなかったのですか？　セラフィーナ嬢と居る時、どれ程嬉しそうに緩んだお顔をされているか」

は⁉　……いや……、……嘘だろう？

「え⁉　いや、逆に聞きたいんですけども、クリス様、隠してるつもりだったんですか⁉」

「……気付かないセラフィーナもどうかと思ってましたが、クリス様も相当……」

侯爵令息と子爵令息に呆れたように言われ、私は思わず顔を両手で覆って項垂れてしまった。

その私を見て、三人は楽しそうに笑うのだった。


「感情を隠す、という事に、まだ慣れていなかったんだね……」

クリス様は遠い目をしてらっしゃるが、私はそれをどういう顔で聞いたらいいのか……。

しかしそうか……薄々自分でも勘付いてはいたが、セラフィーナは『鈍感ヒロイン』特性持ちか……。

どうも私は、恋愛系の好意に疎《うと》い。『今』のクリス様くらい露骨だと、流石に分かるが。

というか、『悪意』や『敵意』にだけ敏感で他に疎い、が正解だ。振りかかる火の粉は払うなり避けるなりしなければ実害が出るが、好意に関しては気付かなくても害がない。『害がないもの＝放置してOK！』という公式が、私の中では成り立っているからだ。

しかしクリス様、私が見てきた限りでは『感情を顔に出さない』という事には長けてらっしゃいそうなのだが……。

「クリス様は、今はもう『感情を隠す』という事に、慣れたりは……」

「自分で言うのもなんだけど、得意な方かな」

デスヨネ。何言われても、常に鉄壁の愛想笑いですもんね。

じゃあ何で、私に対してはこう露骨なんだ……。

「セラは今、『どうして自分に対してだけ、好意を隠そうとしないのか』と思ってる？」

心をー！　読まれたァーー!!

え、なにこの人、怖い。何かそういう能力お持ちなの？

「別に特殊な能力があるとかいう訳ではないよ」

だからぁーーー！　私、声に出してないのにィーーーー！

クリス様は私を見ると、少し楽しそうな笑顔になった。

「私は多分、君自身よりも『セラフィーナ』を知っているからね。君は今十三歳だけれど……、私はもっと長い時間、君を見てきたから」

……ヤベェ。感動するとこかもしんないけど、まず『うっすら怖《こえ》え』って思っちゃった……。

……今度から、『好意』にもちょっと敏感になっていこう、セラフィーナ。貴女が鈍感なおかげで、クリス様になんかちょっとストーカーっぽい空気あるから。もうちょっと周り見ていこう？　ね？

「……何か失礼な事を考えてない？」

「いえ！　全く‼」

ナイデストモー‼

クリス様は「ふぅん」と仰っただけで、それ以上突っ込んでこようとはしない。……が、どう見ても納得しておられない雰囲気だ。

だが知らん！　藪を突《つつ》いても、確実に蛇が出るのが分かってるんだ！　そんな藪には近寄らん‼


三人に協力を頼んで半年もしないうちに、続々とシュターデンに関わる情報が集まってきた。

やはり『一人ではない』というのは素晴らしい事だ。私では見えないものを見てくれる者が居るし、聞こえない声を拾ってくれる者も居る。私が思いもつかない事を思いつき実行してくれる者も居る。

ああ、そうか。

『王』とは、こういう仕事をする者か。『国』という巨人の頭となり、手足を耳目《じもく》をどう使えば良いのかを考える。それが、『王』という者の仕事か。

そんなある種『当然』とも言えそうな事に、今更ながら気付いたりもするのだった。

シュターデンの家に出入りしていた『商人』というのは、正真正銘、この国の有名な商店の者だ。

詳しく調べてみた結果、シュターデン邸に出入りしているのは毎度同じ男だと分かった。その男はきちんとその商店に勤めているという裏が取れている。御用聞きをしている店員だ。

だが、その男について更に詳しく調べてみると、その男の出身地が例の集落である事が分かった。

その店と懇意にしている侯爵令息が、家の名前を使い調べてくれたところによると、シュターデンは特に何かを購入している訳ではなかった。

では、何の為に出入りしている?

一番ありそうなのは、本国との連絡係だ。

男はシュターデン家に出入りする際、店の焼き印の入った木箱を抱えていくそうだ。果たして中には、何か入っているのかいないのか……。

シュターデンが例の宗教の信徒だとするならば……、と、子爵令息はシュターデン邸の周囲の教会を当たってくれた。

彼らが礼拝にやってきたり、寄付をした記録はないかと。

当然、両方ともなかった。

『教会への寄付』というのは、『分かり易い善行』として貴族は良く行う。手近な教会に金や物資を幾らか送るだけで『善行を積んだ』とされるのだ。貴族にとっては非常に手軽に評判を上げる手段として人気だ。だが、それをしていない。

まあ、別に義務ではないのだから、しなくても良いのだが。

ただシュターデンが異教の信徒だとするならば、話は変わってくる。

他の宗教の教会なぞに、寄付などをする筈がないのだ。礼拝も同様だ。そこに彼らが膝を折り頭を垂れるべき神は居ないのだから。

確証とするには弱いが、これらはシュターデンが『この国にある教会とは別の宗教を信奉している』可能性を示唆する重要な情報だ。

公爵令息は、シュターデンの兄が失踪した当時の法務の記録や、当時を知る者たちを調べてくれた。

兄に関しては、当時のシュターデン伯爵——現伯爵の父から、『長男の失踪届』と『それに伴う後継者の変更届』が提出されていた。

失踪したシュターデンの長男という男性は、あの家の人間としては驚異的な程に社交的な人物であったらしい。その長男と親交のあった、とある伯爵がそう言っていたそうだ。

その伯爵は長男と友人関係であり、彼の言ではシュターデンの長男というのは『博識な世間知らず』だったそうだ。

知識は非常に豊富で一つ一つの造詣《ぞうけい》も深いのだが、それら全てがまるで『ただ本を読んで覚えた』だけのようで、現物を見ても目の前のものと彼の中の知識が紐付けされていない事が多々あった、と。

たとえば、我が国の郷土料理で『干した羊肉を香りの強い酒で戻し、香草や多種のスパイスを擦り込んだものをパイで包んで焼く』という料理がある。貴族の食卓には余り上らないだろうが、その辺の食堂なんかには必ずと言っていい程おいてある。

彼ら二人で下町のバーで飲んでいた際、長男が「そういった料理があるそうだよ」と、その料理を食べながら言っていたそうだ。

一事が万事、その調子だったらしい。

社交などを行わず、家に引き籠る事の多いシュターデン伯爵家の人間であれば、それはご尤《もっと》もな話なのかもしれない。そして彼らが交流するのは我が国の貴族ではなく、彼らの母国の同じ宗教の信徒たちだけだ。この国に関する知識など、それこそ書物くらいでしか得られないのだろう。

……同じ国に暮らしているというのに、何だか凄まじい話だと感じた。

その伯爵は、長男が愛したという女性も知っていた。下町の食堂の看板娘で、穏やかな笑顔の落ち着いた女性だったという。

手を握る事すら出来ない長男に、伯爵が「子供か」と揶揄《からか》うと、長男は「結婚するまでは不埒な真似など出来ん」と真面目くさって答えたそうだ。伯爵は公爵令息に「真面目も過ぎると、周囲は呆れるものです。コイツは覚えておいて損のない、年長者からの忠告ですよ」と言ったらしい。

友人であった伯爵は、長男が『失踪』する以前の様子を良く覚えていた。

浮かない顔をする事が多くなり、見る度にやつれていったそうだ。

彼女と何かあったのか？　と訊ねると、「そういう訳じゃないんだ。ただ、家の方でちょっとね」とだけ答えた、と。

暫く会わない期間があり、最後に会ったのは『失踪』の二週間ほど前だったそうだ。

やつれているだけでなく、肌にも髪にも艶がなく、一瞬誰なのか分からない程に様変わりしていたという。

心配した伯爵に長男は「もし私に何かあったら、彼女に伝えてくれないか？　愛していた、と」と言付けたそうだ。

縁起でもない言付けに不穏なものを感じたそうだが、長男はそれ以上何も言わず去っていったらしい。

二週間後、シュターデン伯爵家の長男は、忽然《こつぜん》と姿を消した。

シュターデンの縁者という男爵が「彼は市井に愛した女性が居たようですから、彼女と駆け落ちしたのでは……と、伯爵家では専らの噂です」と吹いて回っていたそうだ。ただ伯爵はそれを聞いて、『シュターデン家では、彼の失踪についてそう思わせたいのだな』と感じたという。

そして伯爵は、長男が居なくなった事を伝えに、女性の働く食堂を訪ねた。

嫌な予感はしていたらしいが、その予感は的中する。

女性は、長男が姿を消したとされる同日に、暮らしていた長屋から姿を消していた。

伯爵は「二人とも『手と手を取り合って駆け落ち』なんていうタイプの人間ではないので、どうもしっくりこなくて……。彼の別れ際の言葉の事もあって、実は今でも気になってるんですよ」と言っていたそうだ。

そして「もし彼の行方に関して何か調べてるんでしたら、私にも協力させてもらえませんか？……彼の友として、彼が今どうしているのかは非常に気になりますので」と言ってくれたそうだ。

シュターデンにとって恐らく、この『長男の友人』の存在は計算外なのではないか？

不審に思ったところで、貴族のお家騒動でしかない。司法の強制介入でもない限り、他人では手が出せない。

だが、強制的に手を入れる理由が、今のところはまだない。この『長男の恋人』の存在を、もう少し調べてみなければなるまい。

私たち四人はこうして、地道に様々な角度から情報を集めていった。

すげえ……。知力だけじゃなくて、権力も持った少年探偵団すげぇ……。確かに公爵家のお坊ちゃんが「お話を聞きたいのですが」てきたら、簡単に追い返せねえ。大店《おおだな》のお得意様の侯爵家の坊ちゃんも「まあ、お店はここだけじゃありませんから」とか言ってやれば、取引記録くらい見せてもらえそうだ。

おまけに彼らには伝家の宝刀『王太子殿下のご命令』というものもある。

つよい。この子たちつよい。

でも確かに、自分の知らんとこで男連中だけでこんなことしてるって知ったら、セラフィーナはつむじをガッツリ曲げるわ。ぺっこり四十五度どころか、ガッツリ九十度だわ。……公爵令嬢様はどうか分かんないけど。

私だって少年探偵団に入りたい！

ちょっとむすっとしていたら、クリス様に気付かれた。

「……どうかした？」

「仲間外れは良くないと思います」

小学生の学級会みたいな発言だが、仲間外れは良くない。

「そうだね。……でも、危険な事は確かなんだよ」

「それは承知です。ですが、セラフィーナや公爵令嬢様がクリス様たちと『友人』である事は、周知の事実なのでしょう？　だとしたら、何を知っていようがいまいが、狙われる時は狙われるのではないかと思うのです」

「うん。そうだね」

即答したクリス様に、ちょっとした違和感を覚えた。

『そうだね』？　て事はもしかして、私か公爵令嬢様に何かあった？

「君が以前言ったよね。『危険をそれと知らされず、巻き込まれる方が恐ろしい』と」

「ああ……、言いました……かね？」

いつだか分かんないけど。

「言ったよ。……シュターデンの一派の処刑者リストを見ていた時、かな」

「ああ……」

言ったかも。良く覚えてないけど。

それが何か？　とクリス様を見ると、クリス様は苦笑した。

「そうすれば良かったたな、と思ったよ」

自嘲するような、何だか後悔の滲んだ声だ。

何あったんですかねぇ？

◆

私たち四人が何やら調べている、という事が、父の耳に入ったらしい。父から「何をコソコソと調べ回っているのだ」と言われてしまった。

遠からず父の耳には入るだろうな、とは思っていたので、それ程の動揺はなかった。

私が十六歳の頃だ。友人たちとシュターデンを調べ始めてから、二年経った頃だった。

私は友人たち三人を連れ、王と宰相にのみ、私たちがシュターデンを調べている事を告げた。そしてそれまでに分かっていた様々な事柄も。

何故『宰相にのみ』としたかというと、シュターデンの息のかかった者はそれなりに広範囲に散っており、この時点で誰が信用に足るかが分からなかったからだ。

この『息のかかった者』というのは、宗教で繋がっている訳ではない。国を崩壊に導く三つの勢力の一つ『王位簒奪《さんだつ》派』という連中だ。現時点では彼らの利害は、シュターデンと一致しているのだ。

「異教の宗教派閥に、王位簒奪派、か……」

深い深い溜息をつく父に、私は告げた。

「現時点では、彼らの利害は一致するのです。……事態が連中の思い通りに進んだ場合、袂《たもと》を分かつ事になりますが。『敵の敵は味方』という繋がりでしかありません」

「現状、連中は『簒奪』までは考えていないでしょう。『今より良い地位に』くらいの思惑しかありませんが、『王位に手が届くかもしれない』と誰かが唆《そそのか》せば、連中はその気になるかと思われます」

私の言葉を、公爵令息が補足してくれる。

「シュターデンという家に関しては、良からぬ企みがあるのはほぼ確実です。が、あと一押しの確証が足りません」

「シュターデンの手の者たちは、余りに意味不明な動きをしています。ですがそれらを『信教に基づいた国家転覆』を目的に据えて見ると、点と点が意味を持ち始めます。……私にはそれらは、偶然とは思えません」

侯爵令息と子爵令息も、私たちに続いて発言した。

王を前に、それでも彼らは私の突拍子もない疑問から調べ始めた事柄を、恐れる事なく淀みもなく発言してくれる。

良い友を持てたものだ、と、嬉しくも心強くも思った。

私たちの話す内容に破綻のない事に、王も宰相も驚いていたようだ。けれど、それは当然なのだ。

仮説を組む上で破綻するような箇所は、それこそ何度も調べ直し、仮説を組み直し、四人で今日まで考えてきたのだ。

けれどあと一歩。

シュターデンという家と、その周囲の連中を何とかする為のあと一押しが足らない。

「良く調べたものだな……」

感心したような王の言葉に、一歩後ろに立った宰相も頷く。

「見事に良からぬ連中ばかりで、殿下方の仰る『企み』があろうがなかろうが、このリストは役に立ちそうです」

ならば是非、その連中を捕縛してくれ。そして牢獄にでも突っ込んでおいてくれ。

そう思っていると、王が私を真っ直ぐに見た。

「時にクリス、お前は何故、シュターデンがそういう厄介な宗教の信徒だと思ったのだ？」

何と答えようか、かなり迷った。

私と両親とは、恐らく『一般的な』親子関係ではない。物語に出てくるような、温かな関係性はさほどない。

王は——いや、父は、信じてくれるだろうか。己の息子の身に起こっている、荒唐《こうとう》無稽《むけい》で不可解な現象を。

暫くの逡巡の末、私は決めた。

父に、全てを話してみよう、と。

2. 数え切れぬやり直しの果てに、絶望を知る。

父に個人的に時間を貰い、二人だけで話をさせてもらう事にした。

……流石に、あの場の全員になど聞かせられない。ただでさえ信じ難い話なのだから。

一回目の私は、とんでもなく愚かな王子であった事。一回目で起こった出来事の覚えている限りの事。

精霊の石での『やり直し』の事。そこで得た情報や、知識などの事。

「……成程な」

全て話し終えると、父は深い息を吐きながら呟くようにそれだけ言った。

「到底信じられぬ話でしょうが、少なくとも私にとっては、それらは実際に経験してきたただの事実なのです」

まあ、信じられなくても仕方ない。私も自分自身に起こった事でないのであれば、こんな馬鹿げた話は「下らん作り話」と一蹴《いっしゅう》するだろう。

暫く何事かを考えるように黙る父を、私も黙って見ていた。

果たして父は、私の話にどういう感想を抱いたのかと、少々不安に思いながら。

……もし、父が「私の頭がおかしくなった」と判断したなら、私はきっと離宮へと突っ込まれるのだろう。そしてまた『やり直し』だ。

けれどそうであったとしても、今回は色々な事が分かった。

それを足掛かりにしていけば、次回はもっと事態は進展する筈だ。

私は焦らず進んでいこう。そして、焦る余りに事を急ぐシュターデンを、全員捕らえてみせよう。

この『やり直し』を終わらせるには、きっとそれしか手がないのだから。

「……お前がその『やり直し』とやらを繰り返すのは、私のせいなのかもしれんな」

黙っていた父がぽつりと落とした言葉に、私はとても驚いた。

私の話を丸ごと信じた上で、父は『やり直しは自分のせいかもしれない』と言ったのだ。

「どういう……意味ですか……？」

思わず声が震えた。

父の私室で、小さなテーブルを挟んで向かいに座る父が、顔が見えなくなる程に深く項垂れた。

「私はあの石に願ったのだ。……私の家族の、健康と、……幸福を」

父の言葉に、私は少し泣きそうになってしまった。

なんとささやかで温かく、そして優しい願いだろうか。

自分自身の事をしか願えなかった私と大違いだ。

「若くして殺される人生を、『幸福』などとは呼べまいよ……」

「そう……、かもしれません……」

幸か不幸かなど、これまで考えた事もなかったが。確かに一般的に見て、『他者に殺される』というだけでも『不幸』な部類だろう。

「父上も石に願ったという事は……」

父も、あの光景を見たのだろうか。

「私も昔、何かに呼ばれている気がして、宝物庫へ行った事がある」

ああ……！　父も見たのだ。あの、不思議な光で満たされた光景を。

「恐らくはお前が見たというものと同じものを、私も見た。そこがどこであるかすら分からぬような、真っ白な場所と、ただぽつんと浮いている青い石を……」

正に同じだ。

「声ならぬ声も聞いた。それは確かに『願いは何だ』と問うてきた。突然そう言われてもと困惑し、私は『では、家族が健康で幸福に過ごせるように』と何気なくそう願った」

『何気なく』で己の幸だけを願わぬのだから、父は本当に優しい人だ。

「石は『承知した』とだけ言い、次の瞬間には、宝物庫はそんな現象が嘘のようにいつも通りに戻っていた。そして私が見た『青い石』は、場所はそのままに色だけを緑に変えていた」

……そう、なのか……。あの石は、願いを聞き届けたならば、『元通り』になるのか……。

では、私に『やり直し』をさせているあの石は、まだ願いを叶えていない状態という事なのか。

石が叶えようとしている『願い』とは、誰のものだ？

一回目で私が石に願ったのは、『もっと私に相応《ふさわ》しい死に様を』という、自分でもそれが何であるのか良く分からぬものだ。

それを願った時点での私は――もう大分以前の事過ぎて、自分でも良く分からなくなっているが、恐らく『豪勢な部屋の飾り立てられた寝台の上で、安らかに息を引き取る』というような事でも考えていたのだろう。

それは確かに叶っていない。

ただ、何度もやり直しを繰り返した『今』の私であれば、恐らく石に願いたい事は変わってくる。

全てを見通してでもいるようなあの石であれば、私のそういった心情の変化なども気付いているだろう。


あの石は、『誰の』『どのような願い』を叶えようとしている？


父の話を聞いて思ったのは、『父の願いは、少なくとも私に関して言えば、叶っていたのではないだろうか』という事だった。

父は私たちの『健康』と『幸福』を願ってくれた。

あの愚かな王子は、王子であるが故に体調管理などはきちんとされていたから、少なくとも不健康ではない。そして、愚か故に『俺ほど幸せな者もないだろう』とも思っていたのだ。

という事は『とんでもなく愚かな私』が居る事で、不幸になる者が居た……という意味か。それはまあ、居るに決まっているのだが。

その『誰か』が幸福と感じるまで、私はこの『やり直し』を繰り返すのか？

そんな、私自身にも果ての見えないような話だったのか？

いや。きっと、『終わり』はある。ある筈だ。

そうでなければ、私は恐らく精神を保っていられない。

石が叶えようとしている願いが何であるかなど、きっと私が考えたところで分からない。

私は私自身の問題である、『シュターデンを何とかせねば、二十五歳で死を迎える』という事とだけ向き合っていこう。


その後、父には全てを包み隠さず話した。宰相の前では言えなかった、『父の死』と『病に伏せる母』に関しても。

そしてそれらが、シュターデンの手によって招かれる事態なのではないかという事も。

「私が死ぬというのは、お前が幾つの時だ？」

「二十四です。……あと八年、です」

答えると、父は「ふむ……」と何か考えるように黙った。

父が言うには、父は定期的に医師の検診を受けており、現状で病の兆候などは何もないそうだ。

けれど八年という月日は短くない。頑健な人間が病に倒れる事もあるだろう。

だがそうではない事を、私は繰り返しの中で知っている。

「その頃、厨房に素性の良く分からぬ下働きの男が居ります。それがどうやら、シュターデンの手の者らしいのです。……これまでの私では、人手も信用も足りず、詳しく調べる事などはかないませんでしたが……」

「今その男は居《お》らんのか」

「居りません。……その男が、いつ頃から厨房に入り込んだのかも、良く分かりません」

「成程……」

父はまた何事かを考えるように黙ると、暫くして私の目を真っ直ぐに見てきた。

「後日また、お前と友たちから話を聞きたい。……対策を考えねばならん。連中がこの国の屋台骨《やたいぼね》を食い荒らす事だけは、何としても防がねばならん」

それは、『父』ではなく、『一国の王』としての言葉だった。

「……はい‼」

国が動く！

これで私たちでは手が届かぬ場所に、手が届くようになる。光を当てる事の適わなかった場所に、光を当ててやる事が出来る。

ああ、『信用を得る』とは、こういう事か。

どれ程馬鹿げて聞こえる話にも、こうして耳を傾けてもらえる。そしてそれを基に動いてもらえる。

何度も何度も繰り返した『やり直し』が、一つずつ実を結ぼうとしているのを、私は確かに感じていた。


国のトップオブトップの王が動いてくれるというのは、心強いなんてものではない。

『王の名の下』にどれ程の無茶でもまかり通る。

これはクリス様、勝ったんじゃない⁉　もしかしなくてもこれ、最後の『やり直し』なんじゃない⁉

……いや、『最後』にはならないのか……。これが『最後』なら、セラフィーナは七つ年下じゃなきゃいけないんだもんな。

ええ〜〜〜……。

クリス様の『やり直し』、これで終わんないの……？　クリス様『殺される度に巻き戻る』んだよね？　てことは、ここまでいいカンジに進んでんのに、また殺されちゃうの……？

「それから私たちは、王と宰相、そして王が『信用できる』と見込んだ数人の者たちを交え話し合った。……やはり、『大人』が居ると違うものだね。私たちでは手も足も出せなかった場所に切り込んでいけるだけの信頼と実績を、彼らはきちんと持っている」

「国王陛下のお言葉とあれば、聞かぬ者も居ないでしょうしね」

「そう。それが一番強い」

ですよねー。

陛下のお言葉なら「何か言ってる事おかしくね？」とも言えないでしょうしね。

「……で、あのですね、クリス様……」

うん？　と首を傾げるクリス様。その首を傾げるの、癖かなんかですか？

「クリス様の『やり直し』、この回で終わらないんですよ、ね……？」

言うと、クリス様がふっと小さく笑われた。何だか少し寂しそうに。

「終わるのでは……と、期待していた。シュターデンをこれ程に追い詰められたのは、初めてだった。今度こそ、と……、思っていた」


宰相は、シュターデンの長男の友人であった伯爵をも巻き込んでくれた。

シュターデン邸へ押し入る為の口実として、長男の出奔に疑惑があるという事にしようか、と。

他の大人たちは、城の中でさりげなく「近い内にシュターデン伯爵邸に手入れが入るかもしれない」と噂を流した。その噂を聞き、おかしな動きをする者を炙り出す為に。

それとは別に、「あー、あの家ね」と納得するような反応の者からは「何かそうされる心当たりでも？」とかまをかけ、あの家に纏《まつ》わる噂などを細かく収集した。

結果として、シュターデン邸に行政として押し入る口実は、片手の指で足らぬ程になった。


私たちは見落としていたのだが、シュターデン伯爵家という家を維持するための費用は、どこから捻出《ねんしゅつ》しているのか、という疑問が大人からは出たのだ。

あの家は元々移民である為、領地などは持っていない。そして、特に事業なども展開していない。

こちらに移住してきた頃は爵位を購入できる程の金を持っていたようだが、そう出来た以上の金銭を所持していたとしても、どう考えても百年はもたない。

ならばどこからか、資金を調達している筈だ。

その資金源は何だ？　何処《どこ》だ？

面白い程に、叩けば叩いただけ埃が出る。

途中から、大人たちはもう呆れて笑っていた。

これ程に自ら『私は怪しい人物です』と喧伝《けんでん》しているような家を、何故今の今まで放置できたのだろうか、と。

王、宰相、内務と財務の高官、司法長官などが集まれば、動かせぬ組織など国内にはない。

関わっていそうな者たちに、司法長官の名前で捜査令状を発行させ、もしもおかしな動きをしたならその名を『黒に近い者』としてリストに書き入れる。

騎士を動かし、二十年も前に居なくなった食堂の看板娘の失踪を改めて捜査する。

根も葉もない噂を餌に、人々の動きを観察する。

そういった事を、大人たちは実に手際よく一つずつ実行していく。

私たち子供はそれを見て、「自分たちもこれくらいの事が出来るようにならねばならない」と気を引き締めるのだった。

頼りになる大人たちの働きを間近で見られた事は、とても良い経験になったと思っている。

これがあったおかげで、私には『絶対的に信用できる大人』が誰であるのかが分かったのだから。

この場に集められ、王の手足となり動いてくれた者たちは皆、『白』だ。シュターデンの息もかかっていなければ、『簒奪派』に与《くみ》してもいない。

それだけでなく、私も彼らと同じくらいの年齢になれたなら、今見ている彼らくらいに働けるようになっていなければ、と目標を持てたのだから。

大人たちが動き始めて一年、とうとうシュターデン伯爵家に強制捜査が入る事になる。

罪状は『不正資金の流入』、『長男と一般市民の殺害』、そして『国家転覆疑惑』だ。

◆

「追い詰めた……！　追い詰めましたよ、クリス様‼」

すげぇ！　大人すげぇ！　権力と財力持った大人、最つよ‼

ちびっ子探偵団に出来ない事を平然とやってのける！　そこにシビれる！　あこがれるゥ！　いや、マジで。

自分の持つ権力の正しい使い方を心得た大人、っていうのが、多分一番怖い存在だからね。そんでお話に出てきた司法長官様、カイゼル髭がめっちゃお似合いの、すんげーおっかねぇ方だしね。見た目も怖い。つよい。

でも何で、ここまで追い詰めておいて、『やり直し』が終わんないの……？

◆

シュターデン邸へ踏み込んで、そこで得たものは大きかった。

まず、裏庭から、白骨化した遺体が二人分出てきた。

貴族の邸では、敷地内に一族の墓地のある家も珍しくない。けれどその白骨は、墓地などでなく、庭の奥の目立たない場所に埋められていたという。墓碑なども全く無く、棺にも入れられていなかった事から、『埋葬した』のではない事は明白だった。

見つけた騎士の報告では、『あたかも穴を掘り、そこへ無造作に遺体を投げ入れたかのように、二体の白骨は折り重なって見つかった』とあった。それは『あたかも』ではなく、真実その通りでしかなかったのだろう。

見つかった白骨は、片方は恐らく男性、もう片方は恐らく女性という見立てであった。

衣服なども見つかれば身元も分かり易かったのだが、その程度の情報しか得られなかった。

だが、おおよその身長が失踪した二人と一致した。更に、女性の方には、左腕に骨折痕があった。

失踪した女性は、以前、左腕を骨折した事があったそうだ。

これでほぼ確定だ。


邸の金庫からは、彼らの故郷からの送金のやり取りの証書が見つかった。別にそれは、それだけであったなら問題はない。問題があったのは、彼らに送金している相手があちらの国の法務大臣であった、という点だ。

国の要職であるのだから、給金を多く貰って送金していたとしてもおかしくはない。けれど、それだけでは到底納得できない金額が、そこには記載されていた。

それを元に我が国の国王から、あちらの国に宛てて親書を送った。『我が国でこういうものが出てきたのだが、そちらでも少々調べてもらえないだろうか』と。

一月後、調査結果が返送されてきた。

結果は、黒だ。

大臣は国庫を着服していたのだ。そしてそれを、シュターデンへと送金していた。あちらの国は、大臣の更迭《こうてつ》と例の集落の調査を約束してくれた。

更に一月後、再度あちらの国からの調査結果が届いた。

それには『シュターデンという連中は、そちらの国の精霊の石を狙って潜伏しているようだ』と書かれていた。

そして例の集落は、国王命令により近々解体される事になる、と。

シュターデンに協力していた者たちはあちらで捕らえ、外患罪として処罰する予定だとも書かれていた。我が国はそれを口実に攻め込んだりするつもりはないが、あちらとしては誠意を見せねば立つ瀬がない、というところなのだろう。

しかし、協力者の捕縛は正直助かる。

その他にも、国内で起きていた不可解な殺人事件の数件に、シュターデンの関与が見られた。

どうやら仲間割れなども起こっていたらしい。

奴らは自分たちの思い通りに動かぬ者を、躊躇《ためら》いなく文字通り『切り捨て』きたのだ。

シュターデン伯爵家が全員捕らえられ、関与が認められる一族の人間もあらかた捕らえられ、私は「これで終わったのではないか」と、少し安心していた。

そして気付けば、また十八の生誕祝賀が目前に迫っていた。

◆

「この『私の十八の生誕祝賀』という場面は、毎回、一つの大きな分岐点なんだ」

「そうですね」

毎度そこから、シュターデンが表に出始めますもんね。

一回目ならヒロインちゃんと出会う日だし。そうでなくても、『黒幕が城に入り込み始める日』だ。

これがゲームだったとしたら、このポイントで一つセーブデータを分けておきたい場所だ。

「でも今回は、もうシュターデンの者は居ない訳ですよね？」

「『伯爵家の人間』は居ないね」

うん？　引っかかる言い方しよんな……。

「それは……『伯爵家の人間』以外の、シュターデン一派の残党……とでも言うべき者は居る、という事ですか？」

「居たね」

クリス様は簡潔に言うと、深い溜息をついた。

「私はまだ、彼ら一派がどれだけ居るのか、正確に分かっていなかった。……彼らの執念を甘く見ていた」

……なんか、クリス様のお話、ジェットコースターみたいすね……。上ったら絶対に下る、みたいな……。


シュターデンの関係者を捕らえ、これ程に穏やかな心持でこの日を待つのは初めてだ……と感じていた。

シュターデンの者は未だ取り調べ中であるのだが、既に二十人近くを捕らえている。流石にもう居ないだろうと高を括っていた。

城の中は、私の成人の祝いという事で、とても明るくそわそわとした雰囲気になっていた。こういう雰囲気も初めてだ。

皆が私に「もう直《じき》ですね」と楽し気に声をかけてくれる。

『生誕を祝われる』というのは、こういうものなのか。何だか、面映《おもは》ゆい気持ちになるものなのだな。


宴を二週間後に控えた日、私は父に呼ばれ、父の私室を訪れていた。私室へ呼ばれるという事は、特に業務上の話ではないという事なのだろう。

何だろうか……と私室を訪れた私に、父はグラスに入ったワインを振る舞ってくれた。私への成人の祝いだと、そう言って。

……父に成人を祝って貰うなど、何度もやり直した中で初めての出来事だった。

二人でゆっくりとグラスを傾けながら、今回の大捕り物を労い合い、私はとても温かな気持ちになっていた。

空虚にただ持ち上げられるのと違い、心からの祝福や労いの、なんと温かな事か。

私は確かに『幸福』を感じていた。なので、もしかしたら、私の繰り返した『やり直し』は今度こそ終わるのでは……と思っていた。

そんなふわふわと温かくなっている私に、父は楽し気に笑いながらとんでもない事を言い出した。

「で、お前はいつ、セラフィーナ嬢と結婚するのだ?」

ゴッフ! と、思い切り咽《むせ》た。それまでの温かな気持ちは、一気に何処かへ吹っ飛んでいた。

ワインが気管に入りげほげほと咳き込む私に、父はやはり楽しそうな笑顔だ。

「私が見るに、彼女も満更ではないのではないかな? セラフィーナ嬢は使用人たちからの評判も良いし、『お似合い』と言われているようだぞ?」

お似合い……、そうか、そんな風に見えているのか……。それは何とも嬉し……、いや、そうじゃない。

私は取り出したハンカチで口元とテーブルを拭くと、溜息を吐いた。

「いつも何も、私と彼女はそういう間柄ではありませんので。それに、彼女にも恐らく、想い人くらい……」

居る……、のか……?

あのセラフィーナに?

「クリス様……、『あの』とは、『どの』でしょうか……?」

イヤな予感しかしないが、聞かねばなるまい……! 何をやらかして、そんな含みのある言い方をされているのだ、セラフィーナよ！

恐る恐る訊ねると、クリス様はふっと笑い、遠くをご覧になった。

何故今、その表情なのですか……。

「侯爵令息がセラフィーナに訊ねた事があったんだよ。『セラはどういう男性が好みなのか』と。『未来の旦那様の理想は？』と」

あー……、やっべぇ。何か分かった……。

ぶっちゃけ、私には理想などない。なので恐らく、被るべきつやつや猫ちゃんをぶん投げた私であれば、それをそのまま言うだろう。

「問われたセラフィーナは、『とりあえず、人間で男性であれば』と答えていた……」

ほーらね！　思った通りだよ！　……いい加減にしろよ、セラフィーナ……。お前、正直にも程があんだよ……。

「それ以外に条件はないのかと問われると、熟考の末『心身ともに健康であれば……。あと何か条件なんてありますか？』と、逆に問い返してきた」

ははは……と、クリス様が虚ろな笑いを発している……。

申し訳ないこってす……。

「公爵令嬢は『他にもあるでしょう⁉　例えば、えーっと……ほら、何かあれ、何かそういう、えっと……』と、彼女も大差ないのだなと思える言葉を発していた」

公爵令嬢様、お友達になりたい……。

「めげない侯爵令息が『なら、今好きな人は居ないのか』と問うと、『スキ……』と呟いたきり、遠くを見て固まってしまった……」

ああ……。痛い程に気持ちが分かる……。分かるけどアカンやろ、セラフィーナ。

それは確かに『あのセラフィーナ』とか言われるわ……。

◆

父には、「いつまでも『妃』という座を空位にしておく訳にはいかん。少し考えてみろ」と言われた。

それは確かにそうだ。

シュターデンを何とかできた今、次にやるべき事は『次代の王』としての地盤作りだ。『妃』という椅子は、王位に最も近い。ここを空けておくというのは、『簒奪派』に付け込まれる隙にしかならない。

しかし、妃か……。

どうしても、一回目のフィオリーナの結末がちらつくのだ。

私の妃などに収まらねば、彼女は処刑などされなかった。現に『今回』、フィオリーナはあの小さな村で幸せに暮らしている。

隠密からの手紙によると、彼女は先日、村の青年と結婚したそうだ。……隠密の手紙に涙の跡が滲んでおり、何とも複雑な気持ちになったが。『娘の結婚祝いに、村人に配った菓子です。よろしければ殿下もどうぞ』と、またあの粉菓子が同封されていた。どうやらあの粉菓子は、おめでたい事がある時に作られ配られるようだ。

隠密の手紙には、彼女の結婚相手の青年への恨み言なども綴《つづ》られていた。『あの野郎、笑顔で〝彼女の作るパイは絶品なんです〟とか言いやがりましたが、私はそれくらい知ってます！　フィオリーナがパイを上手く焼けず、真っ黒にしてた頃から知ってるんです！　知ってんだよ、バーーーカ‼』と私に言われても、どうしたら良いのか……。

ともかく。

私の側に居ない彼女は、今はとても幸せそうだ。

余談だが、フィオリーナには年の離れた妹も出来た。その妹ともとても仲良く、妹も優しいお姉さんが大好きなのだそうだ。

もしも、私の妃という座に収まる者が、私が二十五で死ぬように、『そうある運命』なのだとしたら……？

セラフィーナを妃に迎え、彼女が殺されるような事になったとしたら？

私はきっと、私を許せない。

『やり直し』の決着がつくのは、私の二十五歳の年が無事に終わるかどうかだ。それまでセラフィーナを待たせる訳にもいかない。

女性の結婚適齢期というのは、男性のそれに比べると随分早いのだから。

生涯独り身という訳にはいかないだろうが、この問題に関してはもう少し先送りしておこう。

そんな風に決めた。


そして、十八の生誕祝賀の宴の当日になった。

当日はとても平和で楽しい宴だった。

シュターデンの者はもう居ない。会場にフィオリーナも居ない。一度席を離れ城内を歩いてみたが、騎士たちも侍女や侍従も、きちんとそれぞれの持ち場に居り、私を見ると礼をしてくれた。

会場へ戻ると、公爵令息が「どこへ行っていたんですか、今日の主役が」と揶揄うように声をかけてきた。公爵令息に続いて、友人たちが続々と私の周りに集まってくる。これも、何度も繰り返したこの宴で、初めての光景だ。

子爵令息が給仕の者からカクテルグラスを受け取り、私に手渡してくれる。皆もそれぞれグラスを手に取り、口々に「ご成人おめでとうございます」などと言ってくれる。

本来この宴は、このように楽しいものだったのだな。

そう思うと同時に、私は一回目のあの空虚な宴を思い出していた。

上滑りするような祝いの言葉に、ただ黙って頷くだけの私。恐らく誰も、私の生誕など祝う気持ちはない。そしてもしも心から祝福の言葉をかけてくれる者があったとしても、私に返すべき言葉などない。

それは空虚にもなろう。

一回目の時、この五人は何処で何をしていたのだろう。今日だけでなく、国が滅ぼうというあの頃も。

きっと彼らは、彼らに出来る精一杯の事をしていたのだろう。それは、確信に近くそう思う。けれど『今』、国を滅ぼす元凶であったシュターデンは捕らえられ、彼らは皆こうして私の周りに集い笑っている。

……私一人の在り方が変わっただけで、世界はこうも変わるのか。

宴はとても楽しく穏やかに終了し、私は何度も『やり直し』をさせてくれた石に感謝をしながら、幸せな気持ちで床に就いた。

翌日の早朝とも言えぬ時間。

まだ夜も明けきっておらず、暗くひんやりとした空気を裂くように、誰かがドアを猛烈な強さで叩いていた。

寝ぼけている私の返事も待たずドアは開けられ、何事かと寝台に身体を起こすと、開いたドアから侍従が転げるように走り出てきた。

何事か。

この慌てようは尋常でない。

どうした、何かあったか——と訊ねようとする私の言葉を遮り、侍従が叫ぶように言った。

「大変です、殿下！　どうか落ち着いてお聞きください」

私より、お前が落ち着け。どうした？　何があった？

訊ね返しながら、私は不安で心拍数が上がるのを感じていた。

油断しすぎたか？　もしや、父か母の身に何かあったか？

不安と緊張で侍従の言葉を待つ私に、侍従はやはり叫ぶように引き攣《つ》った声で言った。

「セラフィーナ・カムデン様が、何者かに殺害されました——‼」

「私は……、死ぬのですか……？」

まさかの私死亡！　ていうか何で⁉　どーして⁉　ホワーイ⁉

「落ち着いて、セラ。これは、過去の『やり直し』の中の出来事だ」

言いながら、クリス様がそっと背中を撫でてくださった。

あ……、私、何かちょっとパニクってたのか……。

クリス様の手の感触で、何かちょっと落ち着いた。やっぱ『人の手』ってすげぇ。ぬくもりてぃ、大事。

クリス様に背中をさすさすしてもらってちょっと落ち着いてきた私を見て、クリス様は私に触れていた手を戻した。

……もちょっとさすさすしてくれてもいいんですよ？

「殺された……って、言いました？」

「侍従は、そう言ったね」

ちょっと落ち着いて、さっきクリス様から聞いた話を思い出してみる。

クリス様の十八のお祝いの後だ。

その『やり直し回』の私はクリス様と同じ十八歳なので、夜会に最後まで居残るだろう。しかも、仲良しのお友達の成人のお祝いだ。先に帰るなど、むしろあり得ない。

お開きになるのは午前二時くらいだろうか。

お城から我が家までは、馬車で二十分程度だ。通る道は広い道で、貴族の邸などが立ち並ぶ区画を行く。貴族の邸が多いので、街灯もきちんと整備されているし、警邏《けいら》の騎士様も巡回している。

この道中での凶行……というのは、かなり難しいと思われる。

なら、家か？　いや、家で私を殺すってのは、道中を襲うより難度高いだろ……。いくらゆるゆる侯爵家といえど、それなりに警備はきちんとしている。

……考えても分からん。素直にクリス様のお話を聞こう。なんか落ち着いてきたし。

『自分を殺す方法』とか訳分かんない事考えてたら、なんか落ち着いてきたし。

「私は、どこで、どのように殺されるのですか？」

「城からカムデン邸へと帰る馬車が、何者かに乗っ取られるんだ。馬車はカムデン邸へは戻らず、王都の郊外で見つかる。中からはセラとお付きの侍女、護衛の私兵二人、そして御者《ぎょしゃ》の遺体が見つかった」

「護衛が付いていて……それでも……」

「そう。……つまり、犯人は素人ではない」

そうなりますよね！

しかし玄人さんに殺されるような覚えはないんだが⁉　……まあ、私個人ではなくて、カムデン侯爵家が知らん内に恨み買ってる可能性は、どっかにあるかもしんないけど。……なさそうだけど。人様に恨み買う程、ウチの人間アクティブじゃないからなぁ……。

「いきなり起き抜けにそんな話を聞かされても、一瞬全く理解できなかった。侍従が今何を言ったのか……を、何度も何度も頭の中で繰り返し、……意味は理解できたのだが、信じたくない、認められないと、思った……」

夜が明け、早速侯爵邸へと訪問の伺いを立てたのだが、「立て込んでいるから」と断られた。

娘が殺されたのだ。それは立て込みもする。

しかもセラには殺されるような理由がない。

特に誰かに恨みを買っていたような事もないし、彼女を殺したところで誰かが得をするような事がない。

セラ個人ではなく『カムデン侯爵家』に恨みがあるのなら、セラではなくローランドを狙うだろう。侯爵家はセラに婿を取らせるのではなく、ローランドを次期侯爵として認めている事は周知の事実だったのだし。

……などと、冷静に考えられるようになったのは、セラが殺されてから実に一月ほど経ってからだったが。


侯爵邸への訪問が許されたのは、セラが殺されてから三日後だった。

私が侯爵邸を訪れると、私以外の友人たち四人が既にそこに居た。

まだ何も信じられぬ思いだったのだが、公爵令嬢の泣き腫らした目が、侯爵令息の沈痛な面持ちが、子爵令息の固く握られた震える拳が、公爵令息の伏せられた目と噛み締められた奥歯が、聞かされた話は現実なのだと、何よりも物語っていた。

午後には教会へ移送されるという棺が、玄関近くの客間らしき部屋に安置されており、その中にはセラの身体が横たえられていた。

顔には何か所もガーゼを貼られ、胸の上で組んだ手には手袋が嵌《は》められ、首には不自然に幅の広いチョーカーが巻き付けられていた。

騎士から報告は受けていた。

セラには、恐らく抵抗したのであろう傷が多数ついていた、と。一刀に切り捨てられたと思われる侍女に、覆いかぶさるように倒れていた、と。状況から見るに、恐らく侍女にはまだ息があり、セラはそれを庇おうとしたのではないか……と。

その話を聞いた時、ショックで頭がぼんやりとしてはいたものの、酷く納得したのを覚えている。

そうだな。セラなら、庇うだろうな、と。

棺に収まった遺体は、何の表情も浮かべていなかった。

苦痛も、苦悶も、恐怖も、何も。

痛かっただろうに、恐ろしかっただろうに。誰かに心配される事を嫌うセラだ。そんな表情をしていては、遺された者が気に病むだろうからと、そう思ったのかもしれない。

けれど逆に、いつもくるくると表情をよく変える彼女が、何の感情もない表情で目を閉じているその様が。

余計に、『セラはもう生きていない』と、強く感じさせた。


何故私ではなく、セラが死んでいるのだろう。

何が起きているんだろう……。

ああ……、何だろう、これは……。


おかしな話ではあるだろうが、私はこの時、初めて『人の死』というものに触れたのだ。

それこそ一回目から今まで、周囲で沢山の人間が死んでいる。一回目などは、王都に残っていた貴族たちはあらかた『処刑』されていた。フィオリーナも殺された。父もだ。

けれどそれらは全て、『私の見えない場所で』行われた。

なので私は、『死んだ』という結末は知っていても、彼らの遺体などを見る事もなかったし、それが本当かどうかすら確認できていないのだ。

最も身近である筈の『私自身の死』というものは、もう繰り返し過ぎて感覚がとっくに麻痺してしまっている。『二十五歳の恒例行事』くらいのものだ。

そしてそれまでに命を散らしてきた数多《あまた》の人々に関して、申し訳ないのだが、私は特になにがしかの『特別な思い』というものを抱いていた訳ではない。

繰り返す『やり直し』の中での彼らの死は、『そこまでに何かを変えられなければ必ず起こる出来事』としか認識されていなかったのだ。

けれど今回、これまでのやり直しで関わって来なかったセラフィーナが死んだ。

偶然かもしれない。けれど本当に、偶然だろうか。

セラが殺されたのは、『やり直し』の中で重要な意味を持つ、私の十八の生誕祝賀の日だ。

これは『偶然』で片付けて良い出来事なのだろうか。

もしもこれが『偶然』などではなく、『私が関わってしまったから』起こった出来事だったとしたら?

私は一体、どうしたら良いのだろう……。


セラの葬儀の様子は、良く覚えていない。

ただ、棺を地中に埋めてしまう時に、『何故、そんな暗く冷たい場所に埋めるのだろう』と思っていた事だけは、良く覚えている。

それからの事も、なんだか夢の中をふわふわ漂っているような感覚ばかりで、鮮明に記憶している事の方が少ない。

セラが亡くなった三か月後、国と侯爵家で共同で捜査を行った結果、セラを殺した実行犯が捕まった。

金と引き換えに人を殺す、プロの暗殺者集団だ。数か国から手配されている集団で、『集団』とされているが、実態はたった三人だった。彼らは捕らえられ、極刑となった。

彼らに金を渡しセラを殺させたのは、とり逃していたシュターデンの一派の残党だった。

また『やり直し』たら、今度はこいつらだけは絶対に捕らえよう……と、ぼんやり考えていた事は覚えている。

何故セラを狙ったのかについては、主犯曰く「自分たちから大切なものを奪った王族の、『大切なもの』を逆に奪ってやろうと思った」からだったそうだ。

つまり、……私のせいだ。私がセラを、大切に思ってしまったから。

司法官からその取り調べ結果を聞き、自分の中で何かの糸がぷつりと切れたのを感じた。

そして、話を聞き終え、私の視界は暗転した。


ぼんやりと目を開けると、そこは自室の寝台の上だった。

倒れた……のだろうか。

頭が上手く働かず、とにかく酷く眠い。

寝かせて欲しいのに、寝台の周囲には人が沢山居り、その人々がばたばたと忙しなく動き回る気配のせいで眠れない。

一体、何だと言うのか。

何故、私の自室の寝室に、これ程の人が居るのか。

いいから寝かせてくれ。触らないでくれ。出て行ってくれ。

随分と久しぶりに、癇癪《かんしゃく》でも起こしたい気分になっていた。けれどもう、何をするにも億劫だ。

寝返りを打つという、ただそれだけの動作ですら面倒くさい。

口をきくのも、瞼を持ち上げる事すら、全てがただただ面倒で億劫だ。

もうこのまま寝かせておいてくれ。


遠い遠い意識の向こうで、父の「何故だ⁉　お前はまだ十八ではないか！」という、血を吐くような悲痛な叫びが聞こえた。

●●●◆●●●

そして気付くと、またあの真っ白な宝物庫で石と向かい合っていた。

「クリス様……、死んじゃったんですか……？」

え……？　十八で？　だってクリス様が死んじゃうの、いっつも二十五歳ですよね？

「どうやらそのようだね」

苦笑しながら言うクリス様の口調は、あくまでも他人事のようだ。

ホントこの人、『自身の死』ってものに関して、感覚が麻痺してらっしゃるんだわ……。

「死因なんかは、自分でも良く分からないのだけれど……。過労……なのかな？」

ああ……、クリス様は寝てただけなんですもんね……。そら、分かりませんわね……。

「後になって思い返してみて、そういえばセラが亡くなって以降、余り寝てなかったような気がするな……と。食事も、摂っていたのかどうか、殆ど覚えていない」

うわぁ……。何か、栄養失調に低血糖に過度の睡眠不足にその他諸々コミコミで、『過労死』ってヤツじゃね？

てかクリス様、餓死系多くないすか？　ゴハン、大事すよ？　私の食欲、分けてあげたい。

悲しかろうが辛かろうが、容赦なく腹が減る。それが切ない乙女心……。きっと乙女の皆様なら「わかるぅ～‼」て言ってくれる筈！

いや、ハラヘリの話は今はどうでもいい。

それよりも、だ。

「クリス様って、二十五歳までは死なない……んじゃ、ないんですか……？」

それが毎度お決まりのパターンだったので、何となくそう思っていた。

私の言葉に、クリス様はちょっとだけ笑われた。

「何故か、私もセラと同じように思っていた。けれど、そういう訳ではなかったようだ」

「そっか……。でも、それはそうですよね……。人間なんですから、死ぬ時は死にますよね……」

「普通に考えたらね」

そう。『普通に考えたら』当たり前だ。

けれど、『普通では考えられない』経験の渦中のクリス様だ。何となく、デッドエンドルートは『二十五歳までを繰り返す』ものなのだと思い込んでいた。どんなに危険な事があったとしても、謎のご都合主義バリアーで奇跡的に回避できるものだと。その代わり、二十五歳までに全フラグを回収しきらなければ強制デッドエンド、みたいな。

けれど、今聞いている話は、ゲームのシナリオではなく、『クリス様が経験してきた人生』だ。

そう考えると逆に、毎度享年が同じという方が不自然だ。

て事は、『二十五歳までを繰り返す』んじゃなくて、『最長で二十五歳で強制デッド』が正解か。

……どっちもイヤな事には変わりがないけど。

「クリス様……」

「うん？」

またちょっと首を傾げてこっちを見るクリス様。だからそれ、可愛いんですってば。

「……あと、五年しかないんですが……」

『今』目の前に居るクリス様が、二十五歳になるまでに。

言った私に、クリス様が「ふふっ」と楽し気に笑われた。

「そうだね。あと五年だね。私たちの結婚式まで」

ぅおっと、そう来たか！

五年後。クリス様が二十五歳、私が十八歳で、私たちは夫婦となる事が決まっている。

男女ともに十六歳から結婚できるのだが、何故か婚約申し入れの当初から、『婚姻はセラフィーナが十八歳を迎えてから』とされていた。

ただでさえクリス様は私より七つも年上だ。婚姻を急ぐ事はあれど、遅らせる意味が分からないと少し不思議に思っていたのだが、もしかして……。

「私が……、十八になる前に死ぬかもしれないと……？」

先ほどの話でセラフィーナが死んだのは、クリス様の成人の祝賀の日だ。私の誕生日は、クリス様より遅いのだ。つまり、セラフィーナの享年は十七だ。

訊ねた私に、クリス様は目を伏せた。

あ、ヤバい。これ、今までのどんな話より、クリス様の地雷だったくさい。

「絶対、死なせない。……そんな事は、許さない。何があろうと、今度こそ死なせたりしない」

目を伏せ、ぐっと強く拳を握り言うクリス様の声は、悲壮な決意に震えている。おまけに、顔に表情がない。ごっそり感情が抜け落ちたような、見た事のないお顔をされている。

……ヤベー地雷踏んだわ、私……。

フォロー！　フォローするのよ、セラフィーナ！

ここで小粋なトークで場を和ませてこそ、デキる女というものよ！

えーと、えーと……。あ！　最近寒くなってきたから、時蕎麦《ときそば》なんて粋《いき》じゃない⁉　って、ちげーよ！　この国、蕎麦ねぇよ！　時パスタ⁉　粋も風情もねぇわ！

よぅ寒ィな、親父！　ペペロンチーノ、一丁貰おうか！

どんな物売りだよ！

私が一人でそんな風にとっ散らかっていると、クリス様が深呼吸をするように息を吐かれた。

時パスタ、聞かれます……？

「……すまない」

小さな声で謝られ、何がかな？　とクリス様を見ると、クリス様は私を見て小さく笑った。

「大丈夫だよ。セラの事は、何としても守るから。心配いらないよ」

そんな事より、クリス様の方が心配なんですが……。

お話を聞けば聞く程増える、クリス様の地雷……。地雷マックスまで増やしたマインスイーパ並みの難易度なんすけど……。

また、ここか。

もう見慣れた真っ白な空間で、私はそんな風に思っていた。

もう疲れた。

あのまま眠っていたかったのに、どうして私はまたここに居るのだろうか。

この石は、誰の願いを叶えようとしているのだろうか。少なくとも、私の願いではない。私の願いであれば、あのまま放っておいてくれた筈だ。

《あの結末を望むか？》

もういい。

私が生き延びたとして、彼女が死んでしまうのなら意味がない。もういい。もう疲れた。

《彼女の死を回避しようとは思わないのか？》

思わない訳がない。

けれど、何か一つでも失敗したら、彼女はまた死んでしまう。それはきっと、耐えられない。

《失敗しなければ良い》

簡単に言うな！　何度繰り返したと思ってる！　どれだけ連中を追い詰められたと思ってる！

それでも！　あと一歩、あと一手足りなかったじゃないか‼
《その足りなかった『あと一歩、あと一手』を、既に君は知っている》
それは、そうだが……。
《さあ、やり直そう。もう一度だ。君が繰り返してきた『これまで』は、絶対に無駄にはならない》
また視界が真っ白になり、私が居たのは、五歳のあの茶会の日の庭園だった。

●●●◆●●●

「え、あの、クリス様、ちょっといいですか？」

「何かな？」

「『あと一歩』だったのですから、その直前から『やり直す』とかじゃないんですか？」

言った私に、クリス様が明らかに「？？？」という顔になってしまった。

ん～～……、何て言ったらいいかな……。

「えーとですね……、さっきの『セラフィーナが死ぬ』回の、その直前まではいい感じで進んでいましたよね。チェスで言うなら、まさにチェック目前くらいの感じで」

「……うん」

少々の考える間をおいて、それでもクリス様が納得したように頷いて下さったので、話を続ける。

「そのチェック目前で、相手に盤面をひっくり返された。なら、その盤面を『チェック目前』だった状態にまで戻して、そこから次の手を指しなおしていけばいいのではないですか？」

要するに、その『セラフィーナ死亡ルート』の、十八の祝賀あたりにでも戻れば良いのでは？　という話だ。そしてそこから、『セラフィーナの脅威』となる相手を排除だけしてやれば、グッドエンドに到達出来るのではないだろうか。

デカい分岐前にはセーブは必要。そしてセーブデータは上書きせずに分けておくのが常識（ゲーマー的には）。ついでに言うと、オートセーブは味方の振りをした敵だ。

クリス様に『ゲーマーの常識』で話をしても分かんないだろうから、チェスに喩《たと》えてみたけども。どうかしら？　理解できたかしら？　ドキドキ……。

「セラの言いたい事は分かった」

うん、と頷きながら仰るクリス様。良かった、伝わった！　そんじゃ、前回のセーブデータをロードして続きからは⁉

「でもそれは、不可能なんだ」

苦笑しながら言われ、私は思わずめっちゃ素で「え、何で⁉」と言ってしまった。……猫ちゃん、帰っておいで……。『迷い猫探してます』の貼り紙が必要な気がしてきた……。

だが流石はクリス様だ。私がスーパーナチュラルに素を出しても、全く気にされてない。

「チェスで喩えて言うならば、確かにその『セラフィーナが死んでしまう』回はチェック目前ではあった。けれどね、その回《ゲーム》の盤面は、私が負けると全部『なかった事』になるんだよ」

ほ……？　なかった事、とな……？

「私は死ぬ度に、真っ白な場所で石と対面する訳だけれど……、その『石と向き合っている私』は、一回目の『離宮に幽閉され餓死寸前の私』なんだ」

え……？　えぇぇ！　うわぁぁ！　そういう事か‼

「じゃあ……、クリス様が死んでしまった時点で、その回の盤面というのは……」

「全部なくなって、目の前の盤面は『一回目のゲームの最終局面』になる。つまり、そこから何手戻そうと、『直前のゲームと同じ盤面』になるとは限らない」

うわぁ……。うっわぁぁぁ……。

思わずクリス様をまじまじと見てしまった。

この人……、『死にゲー』をノーセーブで『最初から』なんて縛りプレイやってんのか……。いや、『やってる』んじゃなくて、『やらされてる』が正解か……。

つまりクリス様は、死ぬ度に『一回目の死ぬ直前』に戻される。そこから逆行できるのは全部、『一回目のどこかの時点』でしかない、という事だ。意識と言うか中身？　こそ、何度もやり直したクリス様のままではあるが。

同じ記憶を持って、同じ時点へ戻ったとしても、全てが『全く同じ』に動く事など恐らくはあり得ない。

だからさっきの『セラフィーナが死ぬまでは上手くいっていた回』のどこかの時点へは戻れないし、次にやり直したとして同じ結果になるとも限らない。

データのセーブ&ロードが出来るゲームの方が易しいぞ、コレ……。

「そういう仕組みなので、私はまた五歳のあの日に戻された。……理解できたかな?」

「……できました……」

……ゲームだとしたら、某オブザイヤーを狙えそうっすね。「オブジイヤーじゃないの?」と言うと「うるせー馬鹿」と返されるあのスレの。

◆

五歳のあの日だ。

私の為に集められた、五人の少年少女。

直前の回では十八歳だったので、私にとっては十三年振りの光景だ。

既に大人になった彼らの印象の方が強かったので、面影そのままに小さくなってそこに居る彼らに、言い知れぬ懐かしさを覚えた。

ああ、そうだ。

私の貴族間の評判は、この時は最悪だったのだ。

彼らは私を品定めするような目で見ている。一回目は気にしなかったし、直前の回では「彼らに私を認めさせねば」と奮起する材料になったものだ。

今はただ、懐かしさだけがある。

その五人の中に。

当たり前なのだが、セラフィーナが居た。

彼女も私を、少々険《けん》のある目で見ている。けれど次の瞬間、彼女の顔が驚いたものに変わった。

私が、泣いていたからだ。

懐かしさと、嬉しさと、……そして虚無感と。様々な感情がない交ぜになって、言葉が出なかった。言葉の代わりと言わんばかりに、ただただ涙が出た。

突然泣き出した私に皆は驚き、席を立ちこちらへと歩み寄ってくれた。

口々に「どうされたのですか?」や「大丈夫ですか?」などと言ってくれる中、セラが「お腹でも痛みましたか?」と言ってきた。

セラの声だ。

どうしてこの状況でまず発する問いが「腹が痛いのか」なのだろう。本当に、本物のセラだ。私の目の前で動いている。少し心配そうな表情をしている。話している。……生きている。

守れなかったという悔しさと、それが私の慢心故であった申し訳なさに、私は知らず「すまない」と繰り返していた。

彼らにしてみたら、謝られる心当たりなど全くないだろうが。

それ以前に、私が泣いている理由が不明過ぎて、戸惑うどころではなかった事だろう。

私は知っている。

こういう場を収めるのは、公爵令息の仕事だ。前もいつもそうだった。

そんな風に思っていると、案の定、公爵令息が「とりあえず、お席へ行きましょう。歩けますか、殿下」と言ってきた。

私はそれに「ああ、大丈夫だ。有難う」と返した。

繰り返すが、その時点での私の評判は最悪だ。

小さな事で癇癪を起こし、礼儀作法もなっていない、獣の方が可愛いのではないかとすら思われる化け物。それが、五歳時点での私だ。

けれどこの直前の回で、今まさに目の前に居る五人と、対等に渡り合ってきたのだ。礼儀も作法も修めたし、これから学ぶであろう学問も頭に入っている。

何より、愛する友が心配してかけてくれた言葉なら、礼くらい幾らでも言う。

だが彼らの頭の中に居る『私』は、その印象最悪の私だ。私の発した『有難う』という言葉に、五人ともがえらく驚いた顔をしていた。

その顔を見ていたら可笑《おか》しくなってきて、私は今度は泣き笑いになるのだった。


直前の回と同じ時点からやり直しなのだが、私にはその『直前の回の記憶』という通常考えられないアドバンテージがある。その直前の回では私は、『通常の貴族程度には出来る』からスタートだったが、今回は『将来王となる事を期待された王太子だった』という地点からのスタートだ。

五人の信頼を得るのは一年もかからなかった。


そして早々に、父に全ての事情を話した。

直前の回では友人たちに手伝ってもらったのだが、あれ以上踏み込むとなると、彼らにも危険が及びかねないからだ。

父は五人との顔合わせの日以来、人が変わったような息子を不審に思っていたようなので、それも父に信じてもらう為の良い材料となった。


ついでに、父から隠密を一人もらい受け、フィオリーナの村へ派遣した。

当然、フィオリーナの嫁入りの日に喜びだか悔しさだかの涙を流した、あの隠密だ。

彼は相変わらず良い働きをしてくれ、フィオリーナの母と三時間も話し込んでしまった、と嬉しそうに報告してくれた。……嬉しそうなのは結構なのだが、話し込む時間が伸びているのはどういう理由だ？

そして今回も、「誰かに潜入して欲しいのだが……」と切り出すと、力いっぱい身を乗り出してきたので、彼を快く村へと送り出してやった。

大人たちは実に手際よく動いてくれて、私が十歳になる頃にはシュターデンの縁者はあらかた投獄されていた。


「やっぱり、『大人』強いですね」

前回も強かったけど、やっぱつよい。

「そうだね。父はいつも私を信じてくれて、それがなんと有難い事なのかと、本当に思うね」

「クリス様が頑張ってきたからですよ！」

「だといいね」

いや、そうでしょ。

我儘、傲岸不遜《ごうがんふそん》、傍若無人、常識皆無なクリーチャーが、ある日を境にこの人になったら、「何起こった⁉」ってフツー思いますよ。

そこで「実は中身は五歳じゃないんです」て言われたら、もう「あ、そっかー」て信じるよ！

しかもその『中身』だって、クリス様が何度も失敗して、後悔して、ご自分で学んでこられた賜物だ。こんだけ頑張ってきた人の人生が報われなかったら、悲しすぎる。

あと……。

「例の隠密は、フィオリーナ嬢のお母様と再婚は……」

「村へやった三か月後には、家族になっていたね……」

遠い目で仰るクリス様。

ていうか隠密、何でお前までスピードアップしてんだよ……。……で、どーせヒロインちゃんが嫁に行く時、また泣くんだろーな……。

「村へやった時期が違うからか、再婚した歳が違うからか、今回フィオリーナには弟が出来ていた」

「いずれにせよ、幸せそうで何よりですね」

「そうだね」

クリス様は呆れたように笑いながら頷いた。

直前の回を元に、今までになかった早さで事態は進んだ。

ただ、セラを殺した主犯——暗殺者にセラを殺せと依頼した男だけが、捕まらなかった。国中を探しても、そんな男が居ない。

どうなっているのかと思っていたのだが、その男は私が十三の歳に捕まえる事に成功した。

男は元々この国に居たのではなく、例の宗教コミュニティの一員だった。その集落があちらの国王により解体された事で、この国に流れてきたのだ。

そして事態の元を辿り、私たちに行き着いた。そういう訳だった。

男が依頼する筈だった暗殺者は既に捕らえられており、男が別の暗殺者に接触を試みようとしたところを捕らえる事が出来たのだ。ついでに、暗殺者も捕らえておいた。

これで、直前の回で出来た事は全てやった筈だ。

もう脅威などない筈だ。

セラフィーナは死なないし、私だって二十五を超えて生きていける筈。

そう期待して、私はセラフィーナに婚約を申し込んだ。

彼女は少し照れたように、困ったように笑いながら「断る理由が一つもありませんので」と承諾してくれた。


このまま。

どうかこのまま。

平穏なままで、時間が過ぎ去ってくれれば。


祈るような気持ちで日々を過ごし、何度目かの十八の宴の日になった。

私たちは既に婚姻を結んでおり、セラフィーナは王太子妃として城で暮らしていた。『城から侯爵邸へ帰る最中を襲う』という事は、もう不可能なのだ。

城の中は騎士が警備に当たっているし、それがなくともいずこかには人目はある。暗殺などには不向きだ。

大丈夫。大丈夫な筈。

私は何度も、自分にそう言い聞かせていた。

その頃、セラフィーナは腹に子が居り、大事を取る為にも先に休ませる事にした。

——会場から出るセラフィーナを見送った数十分後、またしても彼女の訃報を聞く事になるとは思わずに。

●●●◆●●●

また死んだァァーーー‼　うおぉぉぉーーー‼

「クリス様……」

ふと横を見ると、クリス様はまたしても無表情で項垂れておられた。……ヤベェ。これはヤベェ。私が取り乱してる場合じゃねぇ。

とりあえず、クリス様のお背中さすさすしとこう。

よいしょ、よいしょ……とクリス様の背中をさすさすしていると、クリス様のお顔に生気が戻ってきた。

良かった……！　クリス様、蘇生した……！

「……有難う、セラ。もう大丈夫だよ」

声、めっちゃ細いんですけど、ホントですかね？

「あの……、今のお話……」

聞いて大丈夫なのか分かんないけど、気になるとこがあり過ぎる。

「数十分後、真っ青な顔をした侍従が、足をもつれさせるように走り寄ってきた。……彼はその直前の回、私にセラの訃報を届けた人物だ。状況があの日と重なって、私は血の気が引いていくのが分かった」

うわぁ……。何て言うか、『シナリオ毎にイベントは変わるけど、キャラの役割は変わらない』のか。キッツ……。

「祝いの場にそぐわない表情の侍従は、私に『どうぞこちらへ』と退場を促してきた。もう嫌な予感しかしない。……広間を出ると、そこには侍女や騎士なども居た。皆、青褪めて沈痛な面持ちをしている。侍女などは今にも倒れそうな風情で、隣の騎士が腕を貸してやっていた」

あー……、もう。それ、誰が見ても最悪な話しかない状況じゃん。

「誰が私にそれを告げるか、全員に迷うような間があり、やがて騎士が非常に言い辛そうに口を開いた。『妃殿下が、お亡くなりになりました』と……」

クリス様のお顔が！　また無表情に‼　さすさすせねば！　さすさす……！

ていうかこの人、『セラフィーナの死』が何よりのトラウマなんだな……。

そんでもって分かったぞ、初対面の時のクリス様のあの笑顔。

あれ単純に、『私が生きてそこに居る事』が嬉しかったんだな……。猫被って大人しくしてようが、はっちゃけてようが、『私が私で、ただそこに居る』だけで、この人嬉しいんだ……。

はー……、もう。何それ……。そんなんマジで、『好感度カンスト』じゃん……。

そんな事を考えつつ、クリス様のお背中をさすさすしていると、クリス様がまた復活なさった。

「ごめん。……有難う」

「いえいえ、全然」

謝られる事も、お礼言われる事も、なんもないっすわ。

クリス様は気持ちを落ち着けるように、深い深い息を吐いた。

「……セラフィーナは、応接室の一室で殺された」

城での刃傷沙汰《にんじょうざた》って、すげぇな……。可能なんだな……。殿中でござる！　殿中でござるぞ！

ていうか、どうやって入り込むんだよ。騎士様たちも他の使用人も、全員ちゃんと持ち場に就いてるだろうに。

「セラフィーナを殺したのは、全く予想外の人物だった。シュターデンの一派は、もう全員処分済みで居ない。王位簒奪派はたきつける者がないから大人しい。……それらと全く関わりのない人物……、ローランドだ」

「お！　にい、さま……!?」

ビックリしすぎて、変なとこで切ってもた。

つうかアレか。セラフィーナがクリス様と同い年だから、『兄』じゃなくて『弟』なのか。ややこしや。

「何故……？」

『今』、私と兄は、べったり仲良し♡　ではないが、仲は良い。

兄は私をからかって遊ぶのがライフワークと言って憚《はばか》らないし（憚れ）、私も兄を信用も信頼もしている（部分もある）。

歳が離れているので、喧嘩らしい喧嘩はした事がないし、可愛がってもらっている（多分）。

……カッコ書きが多いが、気にしないでいただきたい。

兄が『私の知るローランド・カムデン』であるならば、兄に私を殺すような動機はない。けれど、セラフィーナ周囲は色々と『今』と違っている可能性が大きい。七年はデカい。

そして、案の定だった。

「ローランドは、セラフィーナに嫉妬していた……のだそうだ。嫡男である自分より、数倍出来の良い姉に。時折周囲から聞こえる『ローランドでなく、セラを侯爵家の後継に据えた方が良いのでは』などという半ば冗談に、一人鬱屈《うっくつ》したものを溜め込んでいたらしい……」

お兄様……！　なんてお暗い……‼

「そして、彼のそういう思いに気付きもせずに笑う姉を、次第に憎むようになったそうだ……」

知らんがなーーー！　ていうかそれ……。

「……逆恨み、と言いませんか……？」

セラフィーナ、悪くない。アイツ、悪い。

「そうとしか言いようがないね」

ふっと、クリス様が嘲るように笑った。

「とにかく、そんなものにセラフィーナは殺されてしまった。……セラフィーナの肉親である事、当のセラフィーナから『二人で話したいから』と人払いをされた事などから、凶行は止められなかった……」

とりあえず、『今』の兄にそういった鬱々と屈曲した部分はない。ちょっと安心。……ただ、単純に歪んでる人ではあるけども。

「騎士に取り押さえられたローランドは、それでもまだ事切れた姉に対して呪詛を吐き散らしていた。……これは、カムデン侯爵家の中の問題だ。何度やり直したとして、私に手出しできる場所ではない。……今度こそ、と、思ったのに……。……ふと、視界に何かが入った。取り押さえられたローランドの手から落ちたのだろう、血塗《ちまみ》れになったナイフだった」

わー‼　ダメ！　クリス様、ダメ‼

「私はそれを拾いあげ、自分の喉に突き立てようとした」

「ダメです‼」

またしてもクリス様の腕をしっかり掴んで言ってしまった。

クリス様はそんな私を見て、ふふっと笑った。えらく力のない笑顔で、怖い。

「……大丈夫。出来なかったよ」

「……良かったぁ……」

この人、セラフィーナ居なくなると、途端に投《な》げ遣《や》りになるな……。怖いなぁ。

「ナイフが私に届こうかという瞬間、私はまた、宝物庫に居た」

……て事は、要するに、クリス様、そこで死んじゃうんですね……。

何も気にしてなかったけど、あの『クリス様の十八歳の生誕祝賀』って、こんなとんでもイベント満載な日だったのか……。

「何故放っておいてくれないのか……と、もう嫌だ、終わらせてくれ……と、石に向かって一通り喚き散らした。すると、石が言った。『鍵が全部揃った』と」

お⁉

何か、ミステリ終盤の探偵のセリフじゃね⁉　て事は⁉

「続けて『もう一度聞こう。君の望みは？』と問うてきた。なので私は、心から願った。セラフィーナを奪わないでくれ、と。あのように他者に理不尽に奪われるのではなく、自然に天へ還れるように。彼女に、平穏な死が、幸福な生が訪れるように……と」

一回目が自分の事ばかりだったのに、今度は真逆だ。

セラフィーナの事ばっかりだ。

もー、ホント……、何なの、この人……。

「私の言葉に、石は『確かに、聞き届けた。さあ、これで最後だ。やり直そう、……全てを』と言うと、また視界は真っ白に染まった。それから暫くの間は、温かな泥濘《でいねい》の中で微睡《まどろ》んでいたような気分だった。やがて意識がはっきりし、私は自分が『生まれる時点からやり直し』ているのだと理解した」

3.「おかん」と呼ばれた令嬢

小さな女の子が、こちらに向かって駆けてくる。

ああもう。高位貴族の令嬢が、そんな風に『元気いっぱい』に駆けてくるものではないわ！

これは小言を言ってやらねば……と待ち構える私の腕を、女の子は飛びつくように取った。顔の細部は分からないけれど、その子がとても嬉しそうに笑っている事は分かる。

「ねぇ、聞いて、おかん！」


「誰がよ」


自分の声に驚いて目を覚ました。

どうやら夢を見ていたらしい。私の顔の上には、今まさに私を起こそうとしていたらしい侍女が、「……何が、でございますか……？」と驚いたような顔をしている。

ものすごく明瞭な寝言を言ってしまったのね……。

私はゆっくりと寝台に身体を起こすと、まだ戸惑っている侍女に微笑んだ。

「ごめんなさい、ただの寝言よ。……おはよう、サマンサ」

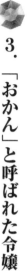

「おはようございます、お嬢様。今日は良いお天気でございますよ」

「あら。雨は上がったのね」

昨日まで三日間、雨が降り続いていたのだ。雨が続くと、頭が鈍く痛む。医師が言うには、特に病などではないらしいけれど。

「昨夜の内にやんだようでございます。とても気持ちの良い日ですので、窓をお開けしますね」

「ええ、お願い」

サマンサが窓を開けると、さぁっと少し涼しい風が入り込んできた。

風は部屋の中の湿気を外へ運び出してくれそうだ。ああ、本当に気持ちの良い日だ。


身支度を済ませ、朝食をいただき、この後は自室で本でも読もう……と廊下を歩いていた。

とても良い天気なので、至る場所の窓が開け放たれている。昨日までのじっとりとした空気が嘘のように、涼やかで爽快な空気だ。

窓の外の木々はたっぷりの水を天から恵んでもらい、今日は陽光を目いっぱいに浴びて、とても青々と美しい。葉擦《はず》れの音も耳に心地よい。

木も嬉しそうね、などと思いつつ、私は窓の外を眺めながら歩いていた。

それが失敗だったのか、功を奏したのか。どちらなのかは、今でも分からない。

私は進行方向を見ていなかった。さわさわと風に揺れる木の枝と、そこにやって来た小鳥などを幸せな気持ちで眺めていたのだ。

ウフフ、小鳥さんも気持ちがいいのね、などと呑気な事を考えていた自分の頭を、分厚い辞書でも引《ひ》っ叩《ぱた》いてやりたい。

歩くときは、きちんと前や足元を見る！　これ、大事！

前日まで雨続きだったおかげで、掃除の滞っている部分が色々とあった。使用人たちは漸く訪れた好天に、張り切って邸の掃除をしていた。

「あ！　お嬢様‼」

サマンサが慌てたような声を上げたのが分かった。

外を見ていた私は気付いていなかったのだが、私が足を出したまさにその場所には、小さな水たまりがあったのだ。

掃除メイドがうっかり水をこぼしてしまい、それを拭くためのモップを取りにその場を離れていたのだ。

掃除メイドを責める事は出来ない。彼女は毎日、邸をとても綺麗に保ってくれている。水を零すというのは失態ではあるが、強く叱責する程のものではない。何と言っても、拭けば元通りになるのだから。

思い切り水たまりを踏んだ私は、つるんっと足を滑らせた。

いけない！　転ぶ！

「ふぉぅあ‼」

令嬢としてあるまじき、意味の分からない叫びが口から転げ出た。

何、今の声。悲鳴とも言えない声だったわ。

こんなの、まるで[redacted]みたいじゃない！　いやだわ、わたくしったら！

何とか転ばずに持ちこたえ、前後に大きく開脚して止まるという恥ずかしすぎる体勢になってしまった。

サマンサが私を持ち上げるようにして助けてくれ、どうにか事なきを得た。

というか私、さっき『誰みたい』って思ったの……？　知り合いに、あんな素《す》っ頓狂《とんきょう》な声を上げる方は居ないわ。

誰みたい？

セ――……

ずきん！　と、こめかみ辺りに鋭い痛みが走った。

痛んだあたりを手で押さえ、思わず眉根を寄せてしまった私に、サマンサが心配そうに表情を曇らせる。

「お嬢様、大丈夫でございますか？　また、頭がお痛みになられますか？」

「そう、ね……。痛い、みたい……」

サマンサは『また』と言ったが、この頭痛は昨日までのものとは種類が違う。

昨日までの痛みは、『どこが痛いかはっきり分からない、鈍いもやもやした痛み』だった。

今の痛みは『こめかみの奥あたりを、太い針で刺したような痛み』だ。

歩くのが辛かったので、サマンサの手を借り何とか自室へと帰り着いた。

そして先ほど起床し着替えたばかりなのだが、再度寝巻に着替えなおし、ベッドへと逆戻りした。

頭が痛くて、何も考えられない。

もしかして私、このまま死ぬのかしら……。


結論から言うと、死にはしなかった。

家族の話では、私は丸一日眠っていたらしい。時折、魘《うな》されるようにうわごとを言っていたそうだ。ただ、何を言っているかまでは聞き取れなかったらしいが。

……家族が聞き取れなくて良かったわ。

目を覚ました私に安心した家族が部屋を去ると、私は鏡台に飛びついた。

頭痛はもうすっかり消えている。家族は心配してくれたが、恐らくもう大丈夫だろう。

鏡の中には、五歳の私。それはそうだ。私は『今』、五歳の幼子だ。

だが、問題が一つある。

目が荒んでいる……。

五歳の天真爛漫な幼子のする目ではない。天真爛漫ですって。ハッ、なぁにが……って、駄目よフェリシア、そこで鼻で笑っては。

五歳の幼子は、笑顔で小鳥さんに話しかけたり、支離滅裂なポエムを詠んだり、あの花の陰に妖精さんが隠れていたりしないかしら？　とか大真面目に言ったりするものよ！

……無理だわ。言えないわ。

自分の身に何が起こったのかは全く分からない。

けれど一つ言える事がある。

これ絶対、あのおサル王太子の仕業だわ！


丸一日眠っていた、というその間、私は自分の二十五年間の人生を追体験していた。

……尋常じゃなく『濃い』人生だったわ……。

私の最後の記憶は、悪くなり過ぎた事態を城は把握しているのかと、単身王城へ乗り込んだ日だった。

上がる一方の税率に、各地で滞る流通。民の暮らしは日々厳しくなるだけであるのに、貴族は変わらず贅沢な暮らしを続けている。その民たちの鬱憤が、ある日を境に噴出して止まらなくなった。

民による貴族への私刑が横行し、本来それを止める筈の騎士たちも民衆側に付き……。その民の怒りや不満の矛先を逸らす為かのように王太子妃が公開処刑となった。

『国』とは、これ程簡単に崩れ去るものなのかと、当時の私は恐ろしく思ったものだ。……まあ一応、ギリギリではあるが、まだ『国家』としての体はかろうじて保っていたけれど。

その『王太子妃の公開処刑』という衝撃的な出来事以来、城からの動きが何もない。それが不審であったからだ。

到着した城は荒れていて、立派であった門扉は傾げ、塀には落書きがされ、それらを制止する筈の騎士の姿はなく、『この城は既に空なのでは？』と思わせる静けさだった。

城内はとても静まり返っており、人の気配がない。使用人や騎士たちが見限って出て行ったという話は聞いていた。だが、シュターデンの一派や、王位の簒奪を目論んでいた連中まで居ないのはどういう事だろう？　……その二派が暗躍していた事は、既に目星がついていたので、彼らが居ないという状況をとても不思議に思ったのだ。

調度や装飾品にはうっすらと埃が積もっており、使用人たちが職務を放棄してそれなりの日数が経過しているのだと分かる。

使用人が居ない状態で、あの王太子は果たして生きているのだろうか。

自分で食事の支度など、間違っても出来ないだろうし。もしかしたら、着替えすら出来ないかもしれない。

保存食はいくらかあるだろうが、あの頭に何か詰まっているのかさえ疑わしい王太子が、保存食の正しい食べ方など分かるのだろうか。

そんな事を考えながら、無人の城を奥へと歩いた。

ここへ来るのは、十三歳の頃以来だわ……と、僅かばかりの感慨はあった。だが特に、この場所に楽しい思い出がある訳でもない。

そんな感慨は、すぐに消えた。


許可のない者の入城が制限されている区画まで来ると、私は付いてきてくれた護衛や侍女をそこに残し、更に奥へと進んだ。

……本当に無人だ。人影すら見当たらないし、物音もない。

城下の喧騒が嘘のようだ。

そしてこの、『完全に無人の城』というのも、何の冗談だろうか。

いくら使用人たちが大量に職を辞したとはいえ、このように『完全に無人』になどなるだろうか。

それとも、民衆が雪崩れ込むのを恐れ、何処かに隠れていたりするのだろうか。

私はただ奥へ奥へと足を進めていた。行くあてがある訳ではない。誰かが民衆を恐れて隠れているのだとしたら、きっと奥の方だろう。その程度の考えでしかなかった。

以前の記憶を頼りに、厳重に警備されていた方へと廊下を曲がる。

穏やかな笑顔の騎士様に「こちらは王族の方以外は入れないのですよ、リトルレディ」と注意された廊下の奥へと。

しんと静まり返った城は、何だか不気味な気がした。

大分奥の方まで歩いてきた。廊下には窓がない。それはつまり、この辺りがそれだけ厳重に隠され、警備されている場所だということだ。

……尤も、今は無人なのだけれど。

今更ながら不安な気持ちになりつつも、歩を進める。

もうここまで来たら、一番奥まで行ってやるわ！　逆にそんな風に開き直っていた。

無人の廊下を歩いて行くと、一際奥まった場所に到着した。

そしてそこで、不思議な光景を目にした。

いかにも重そうな扉が開け放たれており、その向こうから真っ白な光が溢れて廊下までも照らしている。

あれは何だろう。

窓がなく暗いので、私はその辺の応接室か何かにあった燭台を手に持っていた。燭台の頼りない灯りとは全く異質な、圧倒的な光の氾濫だ。あれ程の光量の照明器具など、見た事がない。

王族が極秘で開発させた何とか……とか、他国から献上された珍しい何とか……だの可能性もある。

何だろう。

あそこで何が起こっているのだろう。

私は恐る恐るそちらへと近づいた。

何と言っても、現在の私は『不法侵入中』なのだ。……尤も、今現在『法』が機能しているのかどうか怪しいが。

それでも余り人に見られたい場面ではない。

そーっと近寄り、扉の陰から向こうを見た。

真っ白だった。そこが部屋なのか、部屋だとしてどれくらいの広さなのか、そんな事すら分からない、塗ったように真っ白な光一色。

その中に、薄汚れた衣服を着けた王子が居た。こちらに背を向けていて、王子の正面には何か石のようなものが浮いている。

……浮いている⁉　何なの、これ！

王子は床に両膝をつき、項垂れている。何なんだろうか、この状況は。ここから離れた方がいいのか、それとも王子に声をかけた方がいいのか……。

逡巡する私の頭の中に、『声』のようなものが聞こえた。

《やり直そう。……全てを》

え⁉　やだ、何これ、気持ち悪い！
自分の思考に、他者の思考が割り込むような不快さ。それに軽く瞳を細めた瞬間、視界が真っ白に染まった。

● ● ● ◆ ● ● ●

現在私は、お城へ向かう馬車の中だ。

あー～～…………、無駄にいい天気だわ。

長く吐き出した吐息が、馬車の振動で揺れる。……いい具合のビブラートだわ。セラなら歌いだしそうだわ。

今日は城で王子とお茶会だ。憂鬱で面倒な事この上ない。

何がどうしてこうなっているのかは分からないが、二十五歳まで生きたあの記憶は確かだ。

このままでは国はどうなってしまうのか……という焦燥も、恐怖も、憤りも、全て全て覚えている。

だが現在の私は五歳だ。そして国はとても平和だ。

あー～～～…………、いい天気。

この『王子との茶会』は、『前回』とでも呼ぶべき二十五年の記憶の中にもある。

国王直々の招待状が届き、断るに断れなかったのだ。そして肝心の茶会は、開始から一時間程度であっさりとお開きになった。

それもそうだ。

ホストである王子にやる気が全くなく、話題を振るなどという高度な芸当は当然できず、挙句《あげく》の果てに癇癪を起こして暴れだすという開いた口が塞がらない有様だったのだから。

けれど私はそこで、後に親友となる少女と出会えた。

それがセラフィーナ・カムデン侯爵令嬢だ。

可愛らしい見た目の少女で、見た目だけなら大人しそうな小さな淑女だ。……見た目だけなら。

本人曰く「つやつやの毛並みで、悪役のボスが膝に乗せてそうな可愛い猫ちゃん」を常に被っているらしい。……後半がちょっと何を言っているのか分からないが。

その見た目だけ可憐な猫被り令嬢を、あのトンデモ王子が気に入ってしまうのだ。まあ、気に入ってしまう気持ちは分かる。「気の強さが顔に出ている」と言われる私と違い、セラは真ん丸で大きな目が愛らしく、小柄で守ってあげたくなる風情の美少女だからだ。

……セラには『大人しく守られる』という芸当は不可能だろうけれど。

ロクな思い出のない城と、ロクな思い出のない王子。その王子とこれからお茶会。

あー～～～～～～…………、ほんっと無駄にいい天気！

城に到着し、案内役の侍従と騎士様に従い歩く。まあ、行先は分かっているのだけれど。

二十五歳のあの日の記憶と違い、城の中には沢山の人が居る。使用人は忙しそうに動き回っているし、騎士様もきびきびとした動作で巡回している。廊下にも装飾品にも、埃など当然見当たらない。

本当に、あの時の状況が異常なのだわ。


広い庭園へ案内され、侍従が「どうぞ」と椅子を引いてくれた。

そこへ座り、円形のテーブルを囲む椅子の数を数える。私が座っている椅子を入れて、五つ。

……おかしい。記憶の中と、椅子の数が違う。

まずあの席、ホストの席には王子。その隣に公爵令息、子爵令息、セラ、私、侯爵令息……だった筈。

城の使用人に限って、ゲストの数を間違うような失態は犯さないだろう。

ならば、誰が欠けている?

王子が欠席ならいいのにな～～～…………。

そんな事を考えていると、続々と参加者がやって来た。

まずは公爵令息。彼がやって来るという事は、時間のぴったり五分前なのだろう。きっちり・かっちりした性格なので、彼は必ず『約束の時間のぴったり五分前』にやって来るのだ。

次は子爵令息。彼は今日の参加者の中で一番邸が遠い場所にあるのだから、こんなものだろう。

そして時間ギリギリに侯爵令息。彼は「遅れなければ大丈夫！」という緩い考えの人間なので、時間前行動などは特に気にしない。彼と何か会う用事がある時は、『予定の時間の十分前』を告げておくのが正解だ。

それぞれが席に着く。

残った椅子は一つ。王子の席だ。

という事はつまり、セラが居ない。欠席だろうか。今日はセラと会う事だけを楽しみに来たというのに。

あー～～～～……、ガッカリ。

侯爵令息に遅れる事数分、王子がやって来たようだ。

はーぁ。またあの、ただただ気まずいだけの一時間が始まるのね……。

そう思いつつも、相手は王子だ。我が家の番犬の方が数倍賢いと思うが、王子は王子だ。礼をなければならない。

やがて、王子が私たちの居るテーブルの前で足を止めた。

さて、第一声はどんなとんでもない事を言い出すかしら……と身構えていると、とても落ち着いた静かな声が言った。

「皆、顔を上げてくれ」

ぎゃんぎゃんと怒鳴るような耳障りな話し方……ではない。

王子が来たのかと思っていたけれど、別の誰かだったのかしら。

そんな風に思いながら顔を上げると、そこには記憶の中の王子と同じ衣服を纏った別人が居た。

「今日は招待に応じてくれて、感謝している。さあ、席に着いてくれ」

笑顔で言うと、その王子らしき人は周囲の侍女に目配せをした。それを合図に、侍女たちが動き出す。

え……？　これ、誰……？

いいえ、王族の礼装をお召しなのだから、王子なのだろうけれど。

記憶の中の王子は、あんな風にきちんとした言葉遣いなどしない。訂正だ。『しない』のではなく、『出来ない』。

西方の商人が連れていたおサルさんのような短髪に、おサルさんの方が利口と思える行儀の悪さ。それが記憶の中の王子だ。

席に着いた王子は、とても堂々とした態度で自己紹介なんかをしている。

記憶の中のおサル王子は名乗りもせずに「お前らは誰だ？」が第一声だったのだけれど……。誰だも何も、そっちが呼んだのだから、事前に知っておくくらいしなさいよ、と当時は思ったし、今でも思う。

私の持つこの『記憶』は何なのかしら？　もしかしたら、本当にただ夢を見ていただけなのかしら。けれどあれは『ただの夢』などではない。

何故なら、五歳の私では理解し得ない政治や経済の知識が、『今』の私にはあるのだもの。それらは当然、『五歳の私』は未だ学習していないものだ。

二十五歳まで生きて、あの良く分からない光に呑み込まれて、五歳に戻った……？

いいえ、違うわね。

五歳の時点で『二十五まで生きた記憶を思い出した』が正解ね。て事は、二十五歳まで生きて、良く分からない何かに巻き込まれて、また一から人生をやり直してる、という事になるのかしら。

……ややこしいわ。

私は談笑している四人の少年それぞれの顔をまじまじと見た。自分と同じ『謎現象』に巻き込まれている人が、他に居ないかと思ったからだ。あの記憶があるならば、少なくとも『天真爛漫な子供』などでは居られない。

——そう思ったのだが、直後に思い直した。

そもそもこの場に『天真爛漫な子供』が居ないわ。

おサル王子はさておいて、他の三人は全員、子供ながらに腹に一物持っているような人物だ。

一番無邪気に笑っているように見える侯爵令息が、実は一番腹の中が黒い事を私は知っている。

見ている限り、令息たち三人は、私の知る『二十代の彼ら』より無邪気な笑顔だ。歳を重ねる毎に、彼らの笑顔から頭の『無』が消えていくのだ。

まだ彼らの笑顔は可愛らしい。

という事は、彼らは誰も私と同じ記憶は持っていないのだ。

そもそもこの『前回』とでも言うべき記憶があるなら、まず王子を見て驚く筈だ。

背もたれにふんぞり返るように座ったりしない。ちょっとでも気に入らない事があると、テーブルをバンバン叩いていたのだが、当然そんな事はしない。耳障りな金切り声で怒鳴ったりもしない。

知性の欠片も見当たらなかったのだが、今目の前に居る王子は真逆だ。

この場の誰より美しい所作で、話を途切れさせないよう全員に均等に話題を振って、うっかり菓子を落としてしまった侯爵令息に嫌味のない笑顔で対応し、公爵令息の意地の悪い質問にも笑顔で対応している。

こんなの、まるで王子様みたいじゃない……！　あ、王子様だったわ。

何なのかしら？

この『前回の記憶』と『今の状況』、どうしてこんなに違うのかしら。


ふと話題が途切れたので、私はかまをかけてみる事にした。

「少々お訊ねしたいのですが……」

誰に、ではなく、全員に向けて言う。ぐるっと一同の顔を見回しながら。

「皆様は、『セラフィーナ』という名の令嬢をご存知でいらっしゃいますか？」

この場に居ない、私の親友。

誰か一人くらい顔色を変える者がないかと期待していたのだが、見事に当てが外れた。全員がきょとんとしてこちらを見ていた。

「……どちらのご令嬢だろうか？」

無知を恥じるような口調で訊ねてきた王子に、私は小さく息を吐いた。

もしかして……とは思っていたが、『セラフィーナ・カムデン』という令嬢は、『今回』は居ないらしい。居るのだとしたら、彼女は侯爵家の令嬢なのだから、王子が知らぬ筈はないだろう。いや、『前回』のおサル王子なら知らないだろうが、『今』目の前にいるこの王子なら、全貴族の構成員くらい当たり前に知っていそうだ。

「物語に出てくるご令嬢ですわ。……楽しい物語だったものですから、どなたかご存知の方がいらしたらお話ししたいと思いましたの」

どうぞ今のお話は忘れてくださいませ、と告げ、私はその話題を切り上げた。

ガッカリ…………。

セラが居ないなんて……。

あー～～～…………、つまんない！　またセラと一緒に学術院に通えるかと期待していたのに！

『前回』は一時間で終わったお茶会は、今回は二時間以上となった。

まあ、前回と違って『座っているだけで苦痛』な会ではなかったから、別に構わないけれど。

お開きとなって「さて、帰るか」と席を立ったところで、お城の侍従の方が私の侍女に何か言付けていた。何かしら？　何か粗相でもしてしまったかしら？　と少々不安な思いで侍女を見ていると、侍女が私の耳元にこそっと言った。

「殿下がお嬢様をお呼びだそうです。時間の都合がつかないならば、無理にとは言わない、と。……如何《いかが》なさいますか？」

如何も何も、特にこの後の予定もないのだ。断る訳にもいかないだろう。……相手があのおサル王子だったなら、何としても断るところだが。

「伺います、と伝えて頂戴」

「承知いたしました」


侍従の方に案内され、応接間らしき部屋に通される。

部屋の中では既に、王子が待っていた。

「呼び立ててしまってすまない。どうぞそちらに座ってくれ」

王子が手で示しているのは、彼が居るソファの向かい側のソファだ。……まあ、五歳だものね。不埒も何も未だ分からない年齢よね。でも紳士的な対応で加点対象だわ。

私がそちらへ移動すると、王子は壁際に控える侍女や侍従をちらりと見た。

「それと申し訳ないのだが……、人払いをさせてもらって構わないだろうか。余り多くの人間に聞かせたい話ではないので……」

え⁉　人払い⁉

驚いた私に、王子はとても小さな声で言った。

「君の『親友』の話だ」

その言葉に、私は更に驚いた。

お茶の席で名前を出した時、誰一人顔色を変えなかったけれど。王子も不思議そうな顔をしていたのだけれど。

確かにその話をするなら、知らぬ人間には聞かせたくない。きっと頭がおかしくなったなどと思われるだろうから。

私は家から付いてきてくれたサマンサに、外に出ているように告げた。そして王子が合図をすると、侍従も居なくなった。

ドアは細く開けられているが、通常の声量で話す声は聞き取り辛いだろう。

「有難う。感謝する」

「いえ……」

王子は一つ息を吐くと、軽くこちらへと身体を乗り出してきた。恐らく、声が小さく聞き取り辛い故の配慮だろう。

「まず……、君は何故、セラの名を知っているのだろうか」

恐らく、『知っている』というよりも、『覚えている』と言った方が正確なのだろうけれど。

どう話そうか。上手く話せるだろうか。話したとして、信じてもらえるだろうか。

それより何より。

何故王子は、セラを知っているのだろうか。

私はあの場で『セラフィーナ』と発音した筈だ。それをきちんと『セラ』と愛称で呼んでくるのだから、王子は彼女を知っているのだ。

迷った末、私は自分の身に起こった事を全て話した。


「成程……」

一通り話し終えると、王子はそれだけ呟き、何か考え込むように目を伏せた。

こんなにまじまじと王子の顔を見るのは初めてだけれど、綺麗な顔をしてたのね。どうしてもおサルさんの印象が強すぎていけないわ。今は髪が長めだからかしら、印象が全然違うわね。

そんな事を考えていると、王子がふと視線を上げた。

「君には、その『前回』の記憶しかないのだろうか」

言われた事の意味が分からず、思わず首を傾げてしまった。

「『しか』……と、仰られますと……？」

『前回の記憶がある』というだけで、他の人よりも持っている記憶は多いと思うのだけれど。

「私にはそこから更に、何度も繰り返しやり直した記憶がある。……何度やり直したかなどは数えていないので、もう正確には分からないが……」

……は⁉　繰り返しやり直した⁉　どういう事⁉

意味が分からずぽかんとした私に、王子は恐らく簡潔に纏めたのであろう話をしてくれた。……それでも充分に長かったが。

私の覚えている『前回』を『一回目』として、何度も結末を変えようと繰り返した事。王子が死を迎える度、私が見たあの真っ白な部屋に戻される事。その部屋からまた過去へ戻り、何かを変えようと行動する事。それでも二十五歳で死んでしまう事。国の動乱の原因とも言うべき、シュターデン伯爵家という家の陰謀。そしてそれを阻止出来た事。

陰謀は阻止出来たが、セラフィーナが殺されてしまった事。

再度やり直したが、またセラフィーナが殺されてしまった事。

そして、私も聞いた、石の『やり直そう。……全てを』という言葉。

「『全てを』と、石は言った。……それまでの『やり直し』は、石が私に『どこへ戻るか』を問うていた。けれどそれもなく戻された。しかも恐らくは、『生まれる時点から』だ」

『今回』、王子が『やり直し』ているのだと気付いたのは、言葉も覚束《おぼつか》ない乳児の時点だったらし

い。

「戻される前、石は私に問うた。『君の望みは?』と。私はそれに『セラフィーナを奪わないでくれ』と願った。彼女に平穏な死と、幸福な生を、と。石は確かに『聞き届けた』と言った」

どうして王子がセラの幸福なんかを願うのだろう。王子とセラは仲が良かったのだろうか。セラはおサル王子を心底嫌っていたけれど、目の前のこの王子なら確かに、嫌う理由はないかもしれない。……まだ分からないけれど。

王子はこちらを見ると、僅かに辛そうに眉を寄せた。

「『聞き届けた』と受領した筈なのに……、……何故カムデン侯爵家にセラが居ないのか……」

ああ、やっぱり居ないのか……。

まだ五歳で、社交なども殆ど無い為、余り他家の令嬢・令息の噂などは聞こえてこない。それでも今日集った三名の令息の噂は聞いた事があった。彼らはそれ程に優秀なのだ。

そして『前回』、この茶会の前に私は、セラの名前を聞いていた。非常に優秀な令嬢である、と。

けれど『今回』、セラの名前は一度も聞いた事がなかったのだ。

もしかして居ないのかな、とは、ちらっとは思っていた。けれど本当に居ないと言われると、落胆が凄まじい。

そして私以上に、目の前の王子の項垂れ方が凄い。

おサル王子は確かにセラに執着していた。けれどあれは、子供がお気に入りの玩具を手放そうとしないような、とても幼稚な感情であったように思う。

目の前の王子も、セラに執着しているようだが、これは一体どういう感情からだろうか。

それはさておき、私はどうしても王子に言わねばならない事がある。

先ほどの王子の話を聞いて、それが本当かは分からないにしろ、王子には言った方がいいような気がしたからだ。

「殿下」

呼びかけると、項垂れていた王子が顔を上げた。

あ、この人も、目が荒んでるわ……。王子が『何度も繰り返した』って話、本当なのかも。

「殿下に、お伝えしておきたい事がございます」

「……何だろうか？」

声量を抑えた私の声を聞き取ろうと、王子がこちらに軽く身を乗り出してきた。

私も王子に向かって身体を乗り出す。

大声で言いたい話ではないからだ。

「わたくしにとっては『前回』で、殿下にとっては『一回目』のお話なのですが……」

王子は『セラが十三で異国へ旅立って以降、何処で何をしているのかも全く知らない』と言っていた。

私はセラと連絡を取り合っていたから知っている。それに私にも、あちらには知り合いが多数居たのだ。

……とても言い辛い話だけれど、多分言った方がいい。そんな気がする。

「セラは、異国で命を落としております。……セラが、十八になる年に」

私の言葉に、王子の顔から表情が抜け落ちた。


怖いくらいの無表情の王子に、本当に怖くなってきた。

え、何でこの人、全然表情変わらないの？　瞬きすらしないって、どういう事？　怖い怖い怖い。

「セラが……、死んでいた……？」

あ、喋った。……っと、そうじゃないわ。返事、返事。

「はい。彼女の命日も覚えております」

日付を告げると、王子は絞り出すような声で「う、そだ……」と呟いた。

それは私の言葉を否定するものではない。ただの、『信じたくない』『嘘であってくれ』という心情の発露だ。

「嘘を言って、何になりましょう？」

『前回』、セラの訃報を聞いた時、私も同じように「嘘でしょう？」と言ってしまったものだけれど。

再び項垂れてしまった王子は、頭を抱えていた。

「また……『あの日』だ……」

王子の言葉に私は、「ああ、やっぱりそうなのね」と思っていた。

王子の語った『やり直し』の中でセラが死んだ日。それは両方とも、王子の成人の生誕祝賀の宴の日だったという。私が『前回』セラの訃報を受け取った日は、宴から数日後だった。

余談だが、私は宴には参加していない。おサル王子と顔を合わせたくなかったからだ。周囲の令嬢たちも「参加しない」と言っている者がそこそこ居た。後になって結構な数の令嬢や令息が欠席したと知り、逆に行ってみれば良かった……と少し後悔した。どれ程閑散と寒々しい宴だったか、見物に行けばよかった、と。

「……彼女の、死因は、何であろうか……」

王子の声が小さくて、聞き取り辛い。

「事故です。セラはあちらで考古学を学んでおりまして、遺跡の発掘調査中の事故で亡くなったと」

洞窟内に見つかった遺跡の調査中、落盤に巻き込まれたのだ。

セラだけでなく、その事故でセラと婚約していた男性も一緒に亡くなってしまったのだけれど、それは今は言う必要はないだろう。

「事故……」

呟いたきり、王子はまた動かなくなった。

本当に、この人にとって、セラは何なのだろう。

私が知っているのはあの『一回目』のおサル王子だけなので、目の前の王子との印象の齟齬《そご》が酷い。

項垂れていた王子はやがて溜息をつきながら顔を上げると、テーブルの上にあったベルを鳴らした。ベルがチリンと涼やかな音を立てると、侍従が部屋へ入ってきた。

「お呼びでございましょうか」

「マローン公爵令嬢を、馬車まで送ってやってくれ。……フェリシア嬢、申し訳ないが、今日はこまでとしよう。また後日……、話す時間を貰えないだろうか」

「仰せの通りに」

頭を下げた私に、王子は「有難う」と小さく礼を言うと、先に立ち上がって出て行った。

足元が少しふらついていて、何だか危なっかしいと思ってしまった。


帰りの車中、「殿下はお嬢様を特別にお気に召されたのでしょうか」とわくわくするサマンサに、「違うわ、そういうお話じゃないのよ」と否定するのが大変だった。

何しろ、何の話をしていたのかは言えないのだ。

そしてやっと気付いた。

『頭の中』では私は二十五歳なのだが、体は正真正銘五歳の子供だ。その『二十五歳の頭』で考えて発した言葉に、王子は当たり前に受け答えをしていた。そして私も、王子の発する恐らく五歳らしからぬ言葉に、普通に対応していた。

傍《はた》から見たら、きっととんでもなく奇妙な光景だっただろう。……その為もあっての人払いか。『私』が普通に違和感なく話が出来たのだ。王子の話が本当かどうかなど、疑う余地はない。あの人の『中身』も私同様に見た目通りではないのだ。

王子は、私は恐らく巻き込まれただけだろう、と言っていた。自身が繰り返してきた『やり直し』の『今回』に。

でも本当にそうなのだろうか。

何故、私だけ？　王子の直接の助力とするのであれば、三人の令息の誰か、または三人全員の方が良いのでは？

……なーんて。私が考えたところできっと、分かりっこないわね。『精霊の石』の考える事なんて。


数日後、王子から呼ばれて、私は再度お城へと向かった。

今日はなんと、国王陛下との謁見だ。怖い。『前回』も陛下と直接お言葉を交わした事なんて、二回くらいしかないのに。

王子からの手紙には、国に巣食う『シュターデン』という毒虫を一掃する為に、陛下に全ての事情を話して協力を請いたい、と。その為に、私の持つ『前回の記憶』の話を陛下にして欲しいのだ、との事だった。

王子では、城の外がどのような様子であったのかが分からないから、と。

まあ、そうでしょうね。王子はその頃、離宮に幽閉されていたそうだし。

とはいえ、私も自領の保護で精一杯で、王都の有様は話に聞いた分と、王城へ乗り込んだ最後のあの日に馬車からちらと見ただけしか分からないけれど。

マローン公爵領にも騒動の余波は押し寄せてきていたのだが、いずれ国が荒れるのではないかと見越して早めに手を打っておいたのが奏功した。ただ、王都や他領から難民が押し寄せてきて、その手続きやら何やらでてんてこ舞いではあった。それをお話しすれば良いだろうか。

城へ着くと、王子が出迎えてくれた。王子直々の出迎えには、正直言って面食らってしまった。

「呼び立ててすまない、フェリシア嬢」

当然のようにエスコートしてくれる。……まあ確かに、これが二十五歳の男性だったなら、この動作も当然の事なのだけれど。

己が招いた客だからと、流れるような自然さでエスコートしてくれる五歳児が、果たしてどれだけ居るだろうか。そしてこれが『前回』のおサル王子だったなら、エスコートなどという概念すら理解しなそうなところが何とも言い難い。

「私一人の話で父がどれくらい信用してくれるかが分からないので、君にも力を貸してほしいとつい頼ってしまった。申し訳ない」

廊下を歩きながら、王子がそんな事を言った。

「構いません。……わたくしも、あの光景は二度も見たくはありませんので」

これは本心だ。

二十五年生きてきて、これまでに見たどれ程の悪夢よりも恐ろしく信じ難い光景がそこにあったのだ。もう二度と見たくないし、本音を言うなら思い出したくもない。

けれどあの光景は、何かを一歩間違えたら現実になるものなのだ。目を逸らして良いものではない。

「『毒虫』を駆除できねばああなるのでしたら、その『駆除』には全力を尽くしましょう。喰い荒らさせる訳には参りません」

私の言葉に、王子がふっと小さく笑った。

え？　何笑ってるのよ。

隣を見ると、かすかに微笑む王子がこちらを見ていた。

「中々に頼もしい台詞だ。流石はセラの『おかん』だな」

「……『おかん』はおやめくださいませ」

反論した私に、王子は楽しそうにくすくすと笑うのだった。

『おかん』とは、セラが私を称してそう言っていたものだ。あだ名のようなものだ。それを知っているのだから、この人は本当に、セラや私を見てきたのだ。

ちなみに『おかん』の意味は、極一部の地域の方言で『お母さん』が訛《なま》ったものだ。……セラの母親になった覚えはないのだけれど。……まあ、世話は焼いていたかもしれないけれど。


玉座に座った陛下と対面するのかと思っていたが、流石に話題が話題だけにそうではなかった。

狭い応接室のような部屋で、陛下がソファに座られていて、その背後には宰相閣下が立っておられる。……これはこれで、圧迫感と言うかなんと言うか……。

入り口で深々と礼をした私の隣で、王子が「お連れしました」と頭を下げている。

「二人とも、顔を上げよ」

王とはいえまだ若いのだが、声に威厳がある。

そろそろと身体を戻すと、陛下が自身の正面のソファを手で示した。

「座りなさい」

その言葉に、王子がまた当然のように私をエスコートしてくれる。

王子は確か『何度もやり直しを繰り返した』と言っていたけれど、それで本当にあの凶暴なおサルがこうなるのだろうか。どういう進化を経てきたのだろう。

私たちがソファに座ると、侍女がお茶を出してくれた。そして侍女が去ると同時に、部屋からは侍従や騎士様など全員が退出した。

扉もきっちりと閉じられている。

圧迫感と緊張感が凄いわ……。陛下や閣下とこんな距離で、しかも個人的にお話しするなんて、初めてで怖いわ……。

がちがちになっている私の隣で、王子が小さく息を吐く音が聞こえた。それはまるで、気合いを入れるように。

「……で、話とは何であろうか」

王子を見て訊ねた陛下に、王子はテーブルに用意されていた紙の束を手に取った。

「これらの者を、早急に調べ捕らえていただきたいと思いまして」

言いながら、紙の束を陛下に差し出す。

受け取った陛下はそれをぱらぱらと捲り、背後に居る宰相閣下に渡した。閣下は一枚ずつ、ゆっくりとご覧になっている。

『これらの者』という事は、シュターデンの者たちや、それに協力した者たちの名が連ねてあるのだろう。それにしては枚数が多いようだが。

じっくりとその紙を見ていた閣下が、漸く紙片から目を上げた。

「……この情報は、どこから？」

ああ、名前だけでなく、彼らを捕らえる為の何らかの情報も書き込んであるのね。それなら納得。

「私が調べました」

「どのようにでしょうか」

「これからそれをお話しします。ですが……、到底信じ難い話となります。ですので、まずは一旦、私の話を最後まで聞いていただけますでしょうか」

そう前置きをして、王子は自身の『過去を何度も繰り返しやり直した』話をした。その繰り返しの中で、シュターデンという連中の起こすとんでもない騒動の話を。王子では分からない国内の様子などは、私が補足する形で話をした。

王子が話し始めた当初は、余りに現実離れした話であるので、正面に座すお二人は話半分に聞くのでは……と多少の危惧があった。けれどそれは杞憂だった。

お二人とも真剣なお顔で、それぞれ何かを考えるような表情で聞いて下さっている。

「連中に国を荒らさせる訳にはいかないのです」

王子はそうきっぱりと言い、話を締めた。

暫くの沈黙の後、陛下が深く息を吐かれた。

「……罪状としては、充分か?」

その言葉は、王子や私の話を信じた上で、背後に控える宰相閣下に対して問うものだ。

宰相閣下は再度、手に持った紙片に視線を落としている。

「如何様《いかよう》にも。叩けば余分な埃が出そうな者もあります」

「ではそちらは任せた。すぐにでも動けるようにしてくれ」

「御意に」

信じてくれた上に、シュターデンの連中を調査して捕らえてくれる、と……？

凄い……！　もしそれが上手くいったなら、『前回』のあの騒乱は回避できる事になる。

「何という顔をしているのだ」

私をご覧になってくすっと笑われた陛下に、私は思わず自分の頬を手でさすった。……どういう顔をしていたのかしら。何だかちょっと恥ずかしいわ。

「我らが話を信じた事が、それ程に意外だったか？」

正直……に、言っていいのだろうか。

少々の逡巡の末、私は頷いた。

「……はい。正直に申し上げますと、自分自身ですら信じ難い経験でございますので。それを他者に信じろなどとは、到底……」

「それ、その口調と態度よ」

陛下は僅かに楽し気に仰ると、「なあ？」と背後の宰相閣下を振り向いた。閣下も小さく苦笑するように笑うと頷いた。

「陛下の仰せの通りでございますな。……殿下にしろフェリシア嬢にしろ、言葉も態度も年齢にそぐわぬ事甚《はなは》だしいのだよ」

「あ……」

それは確かにそうだ。相手が大人であるから、特に気にせず話していたが。

ちらりと隣の王子を見ると、王子はこちらを見て軽く笑った。……この人、それを知っててわざと固い言葉を選んで話してたのね……。この王子、食えないわ。

「子供が大人ぶりたいだけなら、何処かでボロが出るかと思ったが……。まあ、見事に堂に入ったものよ」

陛下は楽しそうに笑われるが……。

「逆に、『一般的な五歳の子供』というものがどういうものであったかが分からず、日々手探りでございます」

綺麗なお人形を貰えば、嬉しいは嬉しいのだけれど、飛び上がって喜ぶかと言われたら難しい。先日それで、両親をガッカリさせたばかりだ。『大げさなくらいに喜ぶ』など、ある程度の年齢を過ぎてからはしなくなって久しいからだ。

「それに、クリスに関して言えば、その文字もそうだな」

閣下が手に持った紙を見て仰った陛下に、閣下も頷かれた。

「左様でございますね。五歳の幼子の書かれる文字ではありませんね」

それぞれに言う二人を見て、そういえば……と思った。今日の呼び出しに王子から貰った手紙も、とても美しい文字で書かれていた。私はあれはてっきり、筆耕《ひっこう》にお願いしたものだとばかり思っていたが……。

閣下が「見てみるかい？」と、紙を一枚手渡してくれた。

とても美しい文字が、流れるように繊細に綴られている。それはまさに、先日貰った手紙と同じ文字だ。

「五歳の子供の書く文字ではないだろう？」

笑いながら同意を求める陛下に、私は素直に頷いた。……五歳の子供の云々もあるけれど、私の書く文字より余程綺麗だわ……。

「まるでペン字の手本のようだ」

笑う陛下に、王子は「いえ、それ程でもありません」と答えているけれど……。やめて、王子。その謙遜は私に効くわ！

「私の書く文字は、単語の終わりをはねる癖があるそうです。言われて直そうともしたのですが、無意識にはねてしまっているようで、中々直らず……」

王子の言葉に、手元の紙に視線を落とす。……あ、確かに少しだけ、単語の終わり際の文字の端がはねてるわ。クセ……と言われたら、クセなのかも。でもこれはこれで、カリグラフィっぽくて綺麗だけども。

きっと、こんな小さな文字のクセに気付くのは、セラね。あの子、『自称・名探偵』だから。

「『名探偵』に指摘されました？」

王子に訊ねてみると、王子は楽しそうにくすっと笑った。

「良く分かったね。そういうクセがあるから、私の書いたものなら署名がなくても分かる、と言われたよ」

「わたくしの書く文字は、角がキッチリと揃っているのだそうですわ。……言われてみるまで気付かないものですけれど、そう指摘されると気になって仕方なくなるものですわね……」

セラに『文字の角がカチッ！ キチッ！ って揃ってて、そこがすごくフェリシアっぽい』と笑いながら言われた事がある。まるで私が四角四面の融通の利かない人間みたいじゃない、と愚痴ったら、やはり楽しそうに笑われた。


陛下と宰相閣下は対応を協議してくださる事を約束してくれ、王子と私には「言うまでもなかろうが、お前たちのその『前回の記憶』は他言無用としておけ」と忠告をくださった。

ええ、陛下。仰られずとも、こんな話、誰かになど不用意に出来ませんわ。……頭がおかしくなったと思われるのが落ちですもの。


その日以来、私と王子は良く話をするようになった。

王子の渡した情報を元に動いてくれている大人たちの進捗《しんちょく》を教えてくれたり、互いの『過去』の話をしたりと、話題は尽きぬ程にあるからだ。

その私たちの間にはいつも、居ない筈のセラが居た。

王子は自分の知らない『一回目』のセラの様子を良く聞きたがったし、私も私の知らないセラの話を聞くのが楽しかった。王子の話を聞くたびに、「何度やり直して、どれだけ周りが変わろうと、セラはいつもセラなのね」と可笑しく思った。

そしてその、『常に変わらないセラフィーナ』の話を、王子はとても嬉しそうに愛しそうに語ってくれるのだ。……特に、王子が『今回』の直前にやり直していた回というのは、セラは王太子妃となっていたそうで、話の内容は惚気《のろけ》以外の何物でもなかった。

それでも、幸せそうな、楽しそうなセラの話は、私も聞いていて楽しいものだった。

ただ、『どこにも存在しない令嬢』の話を、『あたかも旧知の仲のように語る』というのは、他者に見せたいものではない。

自ずと、王子と私は二人きりで会う時間が増えてしまう。ついでに、話をする時は人払いも必須だ。

なので遠巻きに様子を窺う使用人や騎士たちからしたら、私たちはとても楽し気な親し気な笑顔で、随分と長い時間語り合う『仲睦まじい』様子に見えたのだろう。

……まあ実際、仲が悪い訳ではないのだが。

自分たちにそういった意識がないものだから、他者の目から見たらどう見えているのか、という客観的な視点が欠けていた。

それを「やらかしたわ……」と思い知らされたのは、六歳の冬だった。

雪のちらつく、底冷えしてとても寒い日。

私は侍女のサマンサの淹れてくれたホットミルクを飲みながら、サマンサと「今日は冷えるわねえ」などと言い合っていた。とても呑気な冬の一日だ。

城へ呼び出されていた父が帰宅し、何の用だか私を書斎に呼ばれた。

「お呼びでしょうか、お父様」

書斎を訪ねると、父は「ああ、うん……」と顎を摩《さす》りながら煮え切らない返事をした。……私を呼んだの、お父様ですわよね？　そこはシャキッとお返事くださいな。

「今日、陛下から直々にお話をいただいてな……」

父は小さく息を吐くと、僅かに困っているように眉を寄せた。

何かしら？　例のシュターデンの関係の話かしら？

「お前に、王太子妃となるつもりはあるか、と……」

「はぁぁ⁉」

「フェリシア⁉」

あら、いけない。わたくしとした事が！　淑女の出す声ではなくてよ、フェリシア。心のセラにはお引き取りいただかなければ。……ちょっとあっち行っててちょうだいね、セラ。

私は小さく息を吐くと、父を真っ直ぐに見て、なるべくきっぱりとした声音で告げた。

「あるか、と問われましたら、答えは一つです。ございません！」

「……だよなあ」

納得したように頷かれるお父様。

我が家は私が一人娘だ。将来的には、適当な婿を取り、私はその方の補佐に就く事になっている。

もし私が他家へ嫁入りしても良いように、私のスペアとなる養子候補も居るには居るが。

父は溜息をつきながら、何か封筒を差し出してきた。

「今日、陛下に言われてな。王子殿下が立太子された後、殿下やお前さえ良ければ……と」

何にも良い事などないのだけれど。

確かに王子は、粗を探すのが難しいくらいに出来た方だけれど。でも、そうじゃない。彼には『心から大切に想い愛する女性』が居るのだ。

……この世に存在しない相手になんて、勝てないわ。しかもそれが、自分の親友なんだもの。勝てる筈がないわ。

「陛下がお前と直接、話がしたいそうだ」

父の差し出す封筒を受け取ると、封筒には王家の紋が透かしで入っていた。

陛下から直接の書状だなんて……。畏れ多くて怖いじゃないの……。

受け取った書状を自室で開封してみると、陛下がお話をしたい旨が美しい文字で綴られていた。

その書状の文末に『なお、この書は筆耕による代筆である。悪筆故に、ご容赦願いたい。』と書かれていて、陛下の茶目っ気に思わず噴き出してしまった。下書きを渡された筆耕は、どう思ったのだろうか。


指定された日の指定された時間に城へ行くと、侍従が案内をしてくれた。

通された部屋には既に陛下と王子が揃っており、一番身分が低い自分が一番遅い入室となった事を詫びると、陛下が楽し気に笑われた。

「なに、レディに待たされるのは、苦でもない。さあ、そこに掛けなさい」

……本当、茶目っ気のある方だわ。陛下って、こんなに素敵な方だったのね。


「さて、フェリシア嬢。君の父上から話は聞いただろうか」

お茶の支度が整うと、陛下がそう切り出してきた。

「はい。わたくしの返事は、父に言付けました通りでございます」

『王太子妃となる気はあるか』に対して『否《いな》』だ。

父には「なるべくキッパリと！　毅然と！　お断りの意思をお伝えくださいませ」と言付けた。

父がどれくらい『毅然と』伝えてくれたかは分からないが。

「断られた事に関して、咎めたりするつもりはない。……だが、差し支えない範囲で構わんので、理由を聞きたい」

理由……と言われても……。

「まずわたくしは、マローン公爵家を愛しているからでございます。公爵家並びに、公爵領とその領民を愛しております」

それらを受け継ぎ、導き、次代へ託す。それが自分の為すべき事と考えている。

けれど、『王太子妃に』という有難いお話を、即答の間で『否』と断じたのは、それが一番の理由ではない。

何より一番の理由は——

「『王太子妃』という座には、わたくしよりも相応しい者が居る、と考えております」

その当の王太子が心から望む相手が。

「過ぎた謙遜というものは、可愛げがないものだぞ、フェリシア嬢」

……それは、貴方様のご子息に仰っていただけませんでしょうか、陛下……。

「使用人たちや騎士たちの話では、其方《そなた》らは非常に仲睦まじい様子で歓談しているそうではないか。互いに憎からず想って居るのではないか、と専らの噂だそうだが……」

そんな噂になっていたなんて！　だからこその、今回の話か。

「クリスにも、断られてしまった。フェリシア嬢に迷惑をかけるような事はするな、と叱られた」

……どこまで本当なのかしら。笑いながら仰られても、こちらも笑っていいものか迷うわ。

「フェリシア嬢も交えて、話をさせて欲しい、と言われてな。こうして呼び出させてもらったのよ」

何故私も？

そう思い隣に座る王子をちらと見ると、王子は陛下を真っ直ぐに見た。

「私と彼女に、『やり直した記憶』がある事は、以前お話しした通りです」

それは聞いた、と頷く陛下に、王子は続けた。

「その際、国を揺るがす陰謀とは関わりのない事ですので、話さぬ事柄が沢山ありました。その『話さなかった事柄』の一つに、ある一人の令嬢の話があります」

そう。

私も意図して話さなかった。話しても信じてもらえないだろうし、話す事によって実在する侯爵家に迷惑がかかってはならないから。

王子は、セラの話を陛下にしようとしているのね。その為に、『セラが居た過去』を知る私を呼んだのね。

『セラフィーナ・カムデン』という令嬢が確かに存在していて、それが決して王子の空想や妄想の産物ではないのだと証明する為に。

いいわ。協力しようじゃないの。

「その令嬢の名は、セラフィーナ・カムデン。カムデン侯爵家の長女で、私たちと同い年の少女です」

「カムデン侯爵家……というと、男児が一人しか居らん筈……」

流石は陛下だ。主要な貴族家の情報がすっと出てくる。

「わたくしの記憶では、その男児――ローランド様の姉に当たる人物でございます。セラは女児でございますので、カムデン侯爵家の後継は現在と変わらずローランド様でございました」

ただ私は、セラの弟君に関しては、余り知っている事はない。礼儀正しく、口数が少ない少年だったように思う。

私がローランド様の名を出したからだろう。王子が私を見て訊ねてきた。

「君は『前回』、ローランドと面識は？」

「取り立てて『親しい』と言える程ではありませんわね。お顔を合わせましたら挨拶をする程度……でございましょうか」

「そうか。彼の印象なんかは、どうだっただろうか」

「セラの弟君にしては大人しい……と申しますか。セラが規格外なだけかもしれませんが……」

「成程。有難う」

王子は僅かに考えるような表情をした後、再度陛下に向き直った。

「セラフィーナは、父上が私の為に集めてくださった友人たちの一人、でした」

相違ないか、と陛下に問われ、私は「相違ございません」と答えた。

「私とフェリシア嬢の『記憶』には、彼女はきちんと存在しているのです。……『今回』、何故カムデン侯爵家に彼女が存在しないのかは分かりませんが……」

王子の話を聞きながら何か考えている風だった陛下が、私たちを交互に見た。

「二人ともに訊きたい。その令嬢の髪の色は？」

私は「焦げ茶です」と即答した。同じ間で、王子は「黒檀《こくたん》のように美しい、光沢のある黒に近い茶です」と答えた。

「瞳の色は？」

「緑です」

「深い森を思わせるような、濃い澄んだ緑です」

王子……。修飾が多いの、どうなの……？

私の正面では、陛下も少し困ったようなお顔をされている。

「……お前たちが言っているのは、同じ令嬢で相違ない……のか……？」

……そうなりますよね。

「外見的な特徴などは？」

「大きな丸い目が印象的な、小柄で可愛らしい少女でした」

「好奇心旺盛な猫のようで、表情も猫の目の如くくるくると良く変わり、殊更《ことさら》に笑顔が愛らしく、また活発な性質でもあるので常に弾むような足取りで歩いておりその様も非常に可愛らしく、彼女が動く度に美しい髪がさらさらと波打ち、その様はさながら――」

「クリス、クリス、もう良い」

止めてくださって有難うございます、陛下！

ていうか王子のその立て板に水の修辞、何なの⁉　ちょっと怖いじゃない！　しかも何で、陛下に止められて「面白くない」みたいな顔してるの⁉

陛下は深い深い溜息をつかれると、呆れたように王子を見た。

「要するにお前は、その令嬢が好きなのか」

「はい」

きっぱりと、迷いも何もなく即答する王子。

……ねえ、ちょっとセラ。貴女、今どこで何をしているのか分からないけれど、さっさとこの王子を引き取りに来てくれない？　ちょっと怖いわよ、この王子。

そんな事を考えている私の隣で、王子はきっぱりと言い切った。

「私は、彼女を――セラを待ちたいのです」

「待つ……とな？」

陛下が不思議そうなお顔をされている。多分私も、そういう顔をして王子を見ている事だろう。

けれど王子は真っ直ぐに陛下を見て、きっぱりと「はい」と頷いた。

「勿論、無期限に……とは言いません。私の成人までに彼女が見つからねば、別の女性を妃として迎えます。ですが……、それまでは、彼女を待たせてほしいのです……」

お願いいたします、と王子が頭を下げた。

「……と、言われてもな……」

うーむ……と、陛下が難しそうなお顔で唸っている。

「現状として、その令嬢は居らんのだろう？」

私たちをご覧になり訊ねられた陛下に、私と王子はそれぞれ頷いた。

「これから、カムデン侯爵家に女児が生まれてくる、とでも思っているのか？」

王子を見て不思議そうに訊ねた陛下に、王子は軽く目を伏せた。

「分かりません。もしかしたら、姿も名も変えて、世界の何処かに存在しているのかもしれません」

……そんな事があるのかしら？

でも、ないとも言い切れない。何しろ、『二十五歳まで生きて、その記憶を持ったまま時間を遡る』なんていう現象があるのだから。

「そうであったなら、私にはもうどうする事も出来ません。ただ、彼女が今度こそ平穏に幸福に生きていけるように……と祈るばかりです」

言いながら王子は、足の上で自分の両手を組み合わせた。それはあたかも、神への祈りの仕草のようであった。

その手をぎゅっと強く組み合わせると、王子はまた陛下を真っ直ぐに見た。

「私は『精霊の石』に願ったのです。彼女の――セラフィーナの幸福な生を。石はそれを聞き届けたと言いました。……ですので彼女は必ず、何処かに居る筈なのです」

「お前はそれを探す……とでも言う気か？」

砂漠で一粒の砂金を探すより難しそうな話だ。何しろ、本当に居るのかどうかも分からない。そしてもしかしたら、女性であるとも限らないし、もっと言えば人間ですらないかもしれない。

可愛らしい猫ちゃんに生まれ、優しい飼い主の元でぬくぬくと暮らすのも、『平穏で幸福な生』だろう。

そうであった場合、王子はどうしようと言うのか。

「彼女を探したりするつもりはありません」

あら、意外！　この王子の事だから、草の根分けても探そうとするかと思ったのに。

陛下も意外に思われたのだろう。少し驚いたようなお顔をされている。

「私は彼女が、幸せに生きていてくれたら、それで良いのです。……彼女が私の目の前に現れないのであれば、それは石がきっと『その方が幸せである』と判断しての事でしょう」

……『石』に、そんな判断力があるの？　いえ、あるのかもしれないわね……。あの石は、とにかく得体が知れないもの。

「ですが、もしかしたら、彼女はまた私の前に現れてくれるかもしれません。……そんな日が来るか、それとも来ないのか……、それは分かりません」

「だから『待ちたい』と……？」

訊ねた陛下に、王子は「はい」と頷いた。

「私の妃の候補となる者は、陛下や宰相で見繕《みつくろ》っていただいて結構です。ですが、それを『確定』としないでいただきたい。……私に、もう少しだけ、夢を見る時間をいただきたい……」

呟くような声量で、またしても視線を伏せ言う王子に、陛下も黙ってしまわれた。

王子もきっと、自分が無理を言っている事は分かっているのだ。

『いつかセラが私たちの前に現れる』という事が、夢物語くらいの確率でしかないであろうと。けれど、それを信じたいと思っているのだ。

そしてそれはきっと、私も同じだ。

いつかまたセラがあの笑顔で、私の前に現れてくれると。そんな日が来るのか来ないのか分からないけれど、来るといいなと。そう願わずに居られない。

「何度も何度も、変わらぬ事態を繰り返し……、その度にやり直し……。漸く少しずつ、全てが良い方向へと動いていく中で、……セラだけが、救えない」

ぽつぽつと、まるで独り言を言うかのような声量で、王子は言葉を吐き出した。

恐らく、誰に語って聞かせるという訳でなく、ただ己の心情を文字通り『吐き出して』いるだけなのだろう。

「今度こそ、と。全ての問題を片付け、セラを奪う者を捕らえても……、また彼女は、理不尽に奪われてしまう」

確かに、理不尽だ。

王子の話では、セラは『殺される』のだ。

彼女に、誰かに殺されるような謂れはない。いつも笑顔で、無駄に敵を作るような事はせず、「喧嘩をするのも体力を使うから」と苦手な相手からは距離を置くような子だ。

「何をしても、どんな手を打とうと、セラだけが救えない……。もう嫌だ、と。もうこれ以上、彼女を奪わないでくれ……と。石はそれを、承諾してくれたのです……」

王子は深い息を吐くと、更に深く項垂れてしまった。

「もう……、こんな『繰り返し』も『やり直し』もご免だ、と。もう終わらせてくれ、と。そう言った私に……」

それは、『死なせてくれ』と同義なのでは。

陛下が痛ましいものを見るように眉を寄せている。その気持ちが良く分かる。

ああ、少しだけ分かってきた。

この人にとって、セラが何であるのか。

何度も『死んではやり直す』という、常軌を逸した出来事の渦中において、セラはきっと『生きる為の寄る辺』なのだ。

精神に異常をきたしてもおかしくない状況で、それでも自分自身を保っていられるのは恐らく、『セラが生きてそこに居てくれる』からだ。

もしもまた、セラが理不尽に命を散らすような事があれば、この人はきっと『生きる』という事を放棄するだろう。

純粋に『愛情』と呼ぶには、歪《いびつ》なものかもしれない。けれど間違いなく、王子にとってセラは『命より大切な存在』なのだろう。

これを五歳の子供が言っていたなら、微笑ましい気持ちにもなるかもしれない。けれど今の王子の独白は、そんな軽さの言葉ではない。

ふー……と、陛下が深い息を吐かれた。

「……分かった」

ぽつりと言った陛下に、王子がゆっくりと顔を上げた。きっと王子にとっては、思い出すのも辛い記憶なのだろう。憔悴したような顔をしている。

「成人までは、待とう。……だから、クリスよ」

「はい……」

「自ら命を捨てるような真似だけは、しないでくれ」

懇願するような口調で言う陛下に、王子はふっと笑った。

え？　笑うところ⁉

「いたしません。……そのような真似をしたところでどうせ、また石に『やり直し』をさせられるだけですから」

ああ……、そういう事か。

絶望して命を絶ってみたところで、また石によって『やり直し』を強制させられる。きっと、石の望む結末を迎えるまでは、それこそ永劫に。

そんな中での唯一の希望が、セラだなんて……。

ねえ、お願いよ、セラ。早く王子の前に現れてあげて。

……この王子、ホンットに怖いから……。

こんな重たい執着、『怖い』以外に感想がないわ……。

「ところでクリスよ」

お声をかけてこられた陛下に、王子は「はい」と返事をした。

「今年……は、もうないな。来年以降か。もしカムデン侯爵家に娘が生まれたならば、何とする気だ？」

確かに今年はもう、セラがカムデン侯爵家に生まれるという事はないだろう。侯爵夫人の懐妊の話なども聞こえてきていないし。早くとも来年だ。しかも、来年とも限らない。

今で既に六歳差。来年生まれたとして七歳差。……中々の年の差じゃないかしら。

けれど王子は、そんな事はまるきり眼中にない、とても良い笑顔で言い切った。

「叶うならば、妃に望みたいかと思っております」

陛下が！「わぁ……」みたいなお顔に！

「ら、来年でしたらまだ、七つの年の差ですから、何とか……」

どうして私がフォローしているのかは分からないけれど、思わず言ってしまった。その私に、陛下が少し疲れたような笑顔を向けてきた。

「フェリシア嬢は、七つ年上の男に求婚されたら、どう思うかね？」

……言えない……。ちょっと年の差が開き過ぎじゃないかしら、とか。普通に考えて、おかしな趣味をお持ちじゃないかと疑ってしまうとか。

言えないわ……。

「……年齢差が、まだ、一桁年数でしたら……、何とか……」

ならないような気もするけれど……。

何とか絞り出した答えに、陛下はやはり疲れた笑みで「気遣い、痛み入る」と仰ったのだった。


お願いよ、セラ……。

できるだけ早く、この王子を引き取りに来て頂戴……。

十八までは待つ、と言っているから、下手したら貴女、十八歳の年の差がある男の妻になってしまうわよ……！　急ぐのよ、セラ……‼

それから一年経った、晩秋。

木々もすっかり葉を落とし、落ちてくる雨粒が直に雪になるのだろうなと感じさせる寒い日。

カムデン侯爵家に第二子となる女児が生まれた。

そしてその女の子は、『セラフィーナ』と名付けられた。


その報せを聞いた王子の喜びようは、すさまじかった。

生まれたばかりのセラに会いに行きたい、などと言い出し、「お前はカムデン侯爵家に迷惑をかけるつもりか」と陛下に叱られたりしていたようだ。

そして陛下は、届け出に書かれた『セラフィーナ』という名に驚いていたようだ。

私たちの話を疑っている訳ではないけれど、本当にカムデン侯爵家に娘が生まれ、尚且つ名前が『セラフィーナ』だったものだから、「不思議な事というのは、本当にあるのだなぁ」という気持ちだったらしい。

王子ほど浮かれはしないけれど、嬉しい気持ちは私も同様だ。

ずっと会いたかった友人に、また会えるのだ。

ああ、でも、私も七つ年上なのよね……。『前回』のような友人関係は、難しいかしら……。

ちょっとガッカリ……。

まあ、いいわ！　セラは細かい事を気にしない、良く言えば『おおらか』、有体《ありてい》に言えば『大雑把』な性格だもの。何とかなるでしょ！

セラの誕生以来、王子はそれまで以上に、シュターデンの調査に精力的に乗り出した。

確か私に協力を頼んできた際、王子は『国を蝕む害虫を駆除したい』と言ってきたけれど、本音は『セラを害する可能性のある者を排除したい』だけだったのではないかしら……？

まあ、放っておいたら国が傾く事は私も知っているから、前者も決して嘘は言っていないのだけれど。

王子にそれを訊ねたら、何も言わずにただにーっこりと笑われた。

ああ……、セラの為なのね。セラの為というより、巡り巡って『自分の為』なのかしらね。本当、厄介な王子様だわ。


我が国では、きちんとした法的効力を持つ『婚約』という契約は、契約者同士が互いに六歳を過ぎねば結べない事になっている。

一応、子供の口約束のようなものを真に受けない為、とされてはいるが。……六歳だって、子供よねえ？　私には遠い記憶過ぎて、ちょっとどうだったか思い出せないけれど。

まあそういう訳なので、王子にはまだできる事がない。ない……筈なのだが。何やら裏でコソコソ動いている気配がある。

何をしているのか訊ねたら、もういっそ爽やかな作り笑いで「別に何も？」と言われた。『何も』じゃないでしょうよと調べてみたら、どうやら『カムデン侯爵家の娘』に興味を持ちそうな家に、ちょいちょい横槍を入れているらしい事が分かった。

……分かりたくなかったわ……。何してんの、王子……。そんなの陛下が知ったら、きっと泣くわよ……。

あと、セラが知ったら、ものすごく『引く』わよ……。

「いや、セラは知る必要のない事だ」

……そんなキリっとした顔で言われても、カッコよくもないし、逆に情けないだけだし……。

「セラには……、言わないでもらえないだろうか……」

今度はそんな、捨てられた子犬みたいな顔で……。……この人、どこまでが本気で、どこからが演技なのか、全然分からないのよね……。

まあ、口止めなんてされなくても、言うつもりはないけれど。ただもし、何かの弾みでぽろっと零れてしまったら、ごめんなさいね？

「お願いだ、フェリシア嬢……、セラには、どうか……」

泣き落とし、やめてくださらない？　嘘泣きとばれた瞬間に舌打ちするのも、やめて欲しいわ。

……何かしら……。この曲者王子、逆にセラとすごくお似合いな気がしてきたわ……。

シュターデンの一派への包囲網を狭めつつ、待つ事六年。

漸く、セラが六歳になる年になった。王子の浮かれ方がすごすぎた……。

王子は非常に外面が良い。

見た目は繊細優美で、物腰も穏やか。所作には小さな粗もなく、聡明で博識。誠実な人柄でも知られ、将来を嘱望される王太子。

大抵の貴族から、そういった賛辞が聞かれる王子だ。

当然、王子が六歳の頃から、「我が娘を妃に！」という貴族は多かったようだ。

それらは全て陛下が、「クリスの妃は十八までには決めるが、今はまだその時ではないな」と突っぱねていたようだ。

その鉄壁のガードで知られた王子が、婚約を発表した。貴族界隈のざわつき方は、尋常ではなかった。

何しろ、相手が七つも年下の少女だ。更に、政治的に重要とも言い難い家の娘だ。裏でひそひそと、カムデン侯爵家を僻《ひが》むような連中が、誹謗や中傷などを囁いていたようだ。が、それらは全て王子によって潰された。

初めてセラに会いに行った後、やはり王子の浮かれようはすごかった。『地に足がついていない』とは、ああいう状態を言うのだろうな、という風情だった。

私は王子から、セラがどれ程愛らしかったかという話を、二時間以上に渡って聞かされた。

……何かしら、この拷問。というか、本当に拷問に使えそうだわ。囚人相手にこの同じ話を何度も繰り返す惚気を聞かせてやれば、どんな凶悪な犯罪者も折れるのではないかしら。

ねえ、王子……、その『猫舌のセラが熱い紅茶で眉をしかめてた』って話、もう四回目よ……。

セラが王子を『クリス様』って呼んでくれた話は、もう六回目。

……お願い、帰らせて……。

あと何時間、この話に付き合えばいいの……？　お願いよ……、誰か助けて……。

死んだ表情で王子の話に相槌を打つ私に、お城の侍女が気付いてくれてさりげなく助け船を出してくれたのは、それから三十分後だった……。


婚約披露の宴で、私は漸くセラの姿を見る事が出来た。

記憶の中の小さなセラそのままで、懐かしくて嬉しくて、少しだけ泣きそうな気持ちになった。

……のだが、一瞬でそんな気持ちはすんっと冷めた。

セラのドレス……、アレ、王子やりすぎじゃない……？

淡い緑から濃い青へグラデーションする布地に、金糸で蔓薔薇が豪勢にたっぷりと刺繍されている。

王子の自己主張、つっよい‼

……セラにいつか、教えた方がいいかしら……。あのドレス、王子が自分で布から選んでデザインしたものだ、って。私は「うわぁ……」という感想しかなかったけれど、セラならもっと可愛らしい感想……は、ないわね。きっとセラも「うわぁ……」てなるわね。うん、黙っておきましょう。

あのドレスのデザインは、王子が繰り返してきた中の『前回』、婚姻式典の後のお色直しの候補に挙がっていたドレスなのだそうだ。

来賓のドレスと色などが被りそう、という理由から没になったものだそうで、「セラが気に入っていたから、今度こそ着せてあげたくて」と王子が自らデザイン画を描いたそうだ。……ていうか、『蔓薔薇』なんて『王太子妃の象徴』である意匠なのだから、何も今のセラに着せなくてもいいのではないかしら……？　『いつか』の婚姻の際まで取っておいたらいいのに。

それにしても、細かな刺繍の柄や女性のドレスの装飾など、良く覚えているものだ……と感心（半分、気色悪い思い半分）していたら、王子がとんでもない事を言い出した。

「石の恩恵なのか呪《のろ》いなのかは定かでないが、私は繰り返してきた『やり直し』の記憶を、全て思い出す事が出来るんだ」

……え？　何それ、どういう意味？

意味が分からず問い返すと、王子が簡単に説明してくれた。

つまりは言葉通りで、王子は『今までのやり直しの中で見たもの、聞いた事を、全て覚えている』のだそうだ。意識して見ていた、聞いていたものだけでなく、『その時ただ視界に入っていただけの花瓶の花』だとかまで、その気になれば思い出せるらしい。

それは確かに、恩恵なのか呪いなのか分からない。

人には誰しも、忘れてしまいたい記憶はあるものだ。それすら、あの石は許さないのだろうか。

「ただ、意識しなければ忘れていられるんだ。このドレスの柄なんかは、『細部まで思い出そう』と意識したものだね」

……『思い出そう』とするものが、気色悪いですわ、王子……。……言えないけど。

そして王子に恩恵だか呪いだかを授けた『石』を、王子はセラにプレゼントした。

得体の知れない石だが、国宝だ。ほいほい動かして良い代物ではない。けれど王子の「セラに贈りたい」という要望に、陛下は二つ返事で「好きにせよ」と仰ったそうだ。

王子がセラにあの石を贈った理由は一つだ。

王子は今回やり直す前、あの石に願ったのだ。『セラの平穏な死』と『幸福な生』を。叶えてくれると言うのであれば、何としてもセラを守ってくれ。そういう思いから、王子は石をセラに贈った。

カムデン侯爵家の人々というのは、面白いくらい欲がない。

いや、あるはあるのだ。あるのだがそれは、名誉や金銭などの欲ではない。もっと良く分からない欲ばかりだ。

そういう家なので、いきなり贈られた国宝に恐れおののき、侯爵は陛下に何度も「どうか返上させてください」と直談判していた。

当然そうなる事くらい、王子は事前に承知している。

なので王子から陛下に「お願い」してあったのだ。もしも侯爵家が石を返したいと言ってきたならば、陛下はそれをのらりくらりと躱《かわ》してくれ、と。シュターデンの連中が全員捕まったならば、その時には返上を受け入れて欲しい、と。


婚約披露の宴の後、城の庭でいつものようにお茶をしている時に、公爵令息が王子に言った。

「国宝たる『精霊の石』を他者に贈る……などという事を、よく陛下がお許しになりましたね」

ホント、それよね。いくら陛下は事情を知っているとはいえ、曲がりなりにも『国宝』よ？　得体が知れなくて、ちょっと気味悪いけど、国宝は国宝なのよ。

「ああ……、あの石にはね、ちょっと不思議な逸話があって」

王子の言葉に私は、『不思議しかないじゃない、あの石』と思ったが、王子の話は本当に不思議だった。

「実はあの石は、過去に何度か盗難に遭っていたり、紛失して行方知れずになっていたりするんだ」

「は⁉」

思わずおかしな声を上げてしまったが、それは私だけではなかった。他の三人も、思い思いに声を上げていた。

「え⁉　いえ、あの、しかし、そんな話、聞いた事が……」

えらく驚いている子爵令息に、王子は少し楽しそうに笑った。

「うん、ないだろうね。所謂『王家の秘密』というものだね」

「そんなもん、軽々しく喋らないでくださいよ！」

侯爵令息が嫌そうに言うが、全くその通りだ。

けれど王子は楽しそうだ。

「君たちになら、話しても大丈夫かと思って」

ぐ……。そう言われてしまっては、これ以上何も言えないわ……。こういうとこズルいのよね、この王子……。

「何度かそうして姿を消しているのだけれど、数年もすると、宝物庫に勝手に戻ってくるんだよ」

…………は？

「勝手に……とは？」

言っている意味が全く分からないので、私たちは全員『何言ってるの？』というような怪訝な顔をしている。同じ表情の公爵令息が、私たちの疑問を代表してくれた。

それにも王子は、やはり楽しそうな笑顔だ。

「言葉の通りだね。ある時は他国からの献上品に混ざっていた。またある時は、買い取った商人が返還に来てくれた。他国で捕らえられた盗賊団の荷物から出てきた事もあるし、記録によれば『ある日宝物庫の中を確認したら、いつの間にか台座に収まっていた』という意味の分からないものもある」

……最後の、本当に意味が分からないわ……。

でもあの石なら、そういう事もあるかもしれないって思っちゃうわ……。

「そういう具合に、あの石は何らかの手段で持ち出されたとしても、勝手に戻って来るんだ。だから、誰かに贈ったとしても、きっといずれ戻って来る。何の心配もない」

心配ないって言うより、怖いんだけど……。

私以外の三人も、何とも言い難い表情だ。やはり代表するように公爵令息が「そう……なの、ですね……」と何とも言えない口調で呟いた。

まあ今回は、いずれカムデン侯爵家から返されるでしょうから、本当に心配はいらないのだけれど。


相変わらず王子の悋気を死んだ顔で聞き続ける日々を送り、私たちが十六歳になった年に、シュターデン一派が全員牢へと繋がれた。

五歳のあの日、王子が用意したリストに載っていた人間は、全員何らかの容疑で捕縛されたらしい。

ついでとばかりに、国内に巣食っていた犯罪者集団の一斉摘発のような事をやり、大分国内がスッキリした。

そしてその数か月後、カムデン侯爵家から何度目かの『精霊の石』の返上の申し出があり、陛下はそれを受諾された。

王子が言うには、次の『山場』は王子の成人の生誕祝賀だそうだ。

確かに、私の知る『前回』のセラは、その日に事故に巻き込まれた。そして王子の知る『セラの二度の死』もこの日だ。

事故は他国の洞窟遺跡という、今のセラには全く縁のない場所での出来事だ。そして王子にとっては一度目のセラを殺した主犯は、捕らえられて牢の中。

問題は、王子が直前にやり直した回の、セラを殺す相手だ。王子に聞かされ、ひどく驚いた。

ローランド・カムデン。私の『前回』の記憶では、セラの弟。今はセラの兄。

その彼が、セラを殺すというのだ。理由は、姉であるセラに対する嫉妬。

そこで王子が出してきた対策が、『ローランドにきちんと自信をつけてもらえば良いのでは』というものだった。

セラが飛びぬけて個性的であるから目立っていただけで、ローランド自身も決して劣っている訳ではない。それを理解してもらえば、セラに対する的外れな嫉妬などはなくなるのでは、と。

その為の一歩として、王子は自身の側近として、ローランドを登用する事にした。

私には『前回』のローランドの記憶しかなかったので、会ってみて驚いた。

セラをそのまま男性にしたような人。それが、『今回』のローランドの印象だ。

髪や目の色もセラと同じ。顔立ちは彼の方が鋭角的であるが、目元などはセラと良く似ている。

それに何より、無駄に溌剌《はつらつ》としている点や、良く回る舌や、他者の目がなくなると途端にだらけるところなんかも、セラとそっくり！

そして笑顔……というか笑い方が、セラと全く同じ。気を許した相手には、警戒心も何もない全開の笑顔を向けてくる。

カムデン侯爵家、クセが強い……。クセが強いのよ！

ローランドが余りにセラに似ているものだから、つい世話を焼きたくなってしまう。

そうしてローランドに小言を言う私を、王子が……物凄くにこにことしながら見守っている……。

やめて、王子！　ローランドにセラを重ねないで！　笑顔が緩み過ぎてて怖いのよ！　時々、ローランドを『セラ』って呼びそうになるのもヤメて！　気持ちは分かるけども！

……私の知る『前回』のローランドにとっても、セラは『姉』だったのだものね。きっとあのローランドも、セラに対して鬱屈した思いはあったのでしょうね。

セラの陰に隠れていなければ、きっと本来こういう人なのでしょうね。……クセが強い。

そうしてローランドの世話を焼いていたら、ある日、ローランドが楽し気に笑いつつ言ってきた。

「妹にフェリシア嬢の話をしたら、『おかんやんけ……』と言っていたよ」と。

その言葉にうっかり泣きそうになってしまった私に、目の前のローランドが酷く狼狽していた。

珍しいくらいおろおろとするローランドを見ていたら、涙は引っ込み、逆に笑いがこみ上げてきてしまったけれど。

……どうせなら、貴女の口から直接聞きたいわ。もう何年聞いていないかしら。

まあ、セラに言われたなら私は、ちょっと腹を立てながら「誰がよ」と返すでしょうけれど。

一つの山場である、王子の十八の生誕祝賀は、それは盛大に行われた。王太子の成人の祝いだ。国の内外から、沢山の人が祝福に訪れた。

王子は一段高くなった場所で、来場者からの祝辞を受け取っている。その隣にはセラが居る。

セラは王子にがっちり手を繋がれていて、その手をしきりに気にしていた。……ええ、気持ちは分かるわ。「ちょっとくらい離してくれないものかしら?」とか思ってるでしょ? 私も思うわ。でもきっと無理よ。

……だって王子は、その手を離してしまったら、貴女が居なくなるかもしれないと思っているのだもの。

でも確かに、あれはないわよね! 来賓の方も気にしてらっしゃるものね! 恥ずかしいわよね! 分かるわ‼

ああホラ、セラ! アホの子みたいに口を開けるんじゃないわ! 目の前の伯爵が不自然な頭髪をしてらっしゃるからって、そんなまじまじ見て「はえ〜……」とか声に出さずに呟くものでもな

くてよ！　疲れたからって、きょろきょろするんじゃありません！　……ああ、直接言いたい……‼　言ってやりたい……‼


夜も更け、眠くなってきたらしいセラを先に帰す事になった。

当然、セラには知らせていないが、すさまじい数の護衛が付けてある。馬車は城から出したもので、剣を突き刺してもちょっとやそっとじゃ貫けない仕様のものだ。御者も、ただの御者ではなく、実は騎士である。

そしてセラの胸元には、例の石のついたネックレス。

……ここまでして駄目だったなら、王子は本当に死んでしまうかもしれないわね。お願いだから、無事に明日の朝を迎えられますように……。


翌朝。

不穏なニュースが届いたりしないかと一日ビクビクしていたが、何事もなく時間は過ぎた。

夕刻、王子から書状が届いた。出仕したローランドから「セラは寝不足以外は元気で、朝食のミルクを零して母親に叱られていた」という呑気な報告があったそうだ。

一つの山を越えたわ……！

そして後日、王子から「生誕祝賀の日のセラがどれほど可愛かったか」という話を二時間も聞かされた。

……私もその場に居たから、知ってます。聞かなくても知ってるって言うのよ！　もういいわよ！　本当……誰か、助けて……。


次の山は、王子の二十五歳だ。

ただセラの方も、もしかしたら『王子の十八歳の生誕祝賀』ではなく、『セラが十七の年』というのが死の条件の可能性もある。

どういう偶然か、今回は『王子の二十五歳』と『セラの十七歳』が同じ年にやってくる。

その年さえ乗り切れたら、きっと王子の『やり直し』は本当に終わる。

どうか無事に……と、祈る気持ちがあるばかりだ。

……はー……、ローランドが城の庭で虫を集めているわ……。注意してこなきゃ……。いい加減、妹の寝室に虫を放つ悪戯はおやめなさいな。貴方もセラも、もうそんな子供でないのだから。

『今回』は、セラの成人のお祝いが出来ますように。

私はまだ一度も、彼女の成人をお祝いした事がないのだもの。

今回こそ、皆で揃って、盛大にお祝いしましょうね。ね、セラ。

4. 君が生きているからこそ、この世界は美しいし、価値がある。

石に強制的にやり直しをさせられ、幼児からのスタートとなってしまった。

いや、正確に言うならば、『生まれた段階から』のスタートだ。だが、幸か不幸か、赤ん坊というのは様々な器官が未発達であるが故、赤ん坊の頃の私に『何かを考える』という芸当がほぼ不可能だった。

なので、私に赤ん坊だった頃の記憶というものは、ほぼない。

意識や自我、思考などがはっきりしてきたのは、既に一人で立って歩けるようになってからだ。二歳の後半くらい……だっただろうか。

意識がはっきりしていて、脳内での思考は『幾度も人生をやり直しさせられた私』のものであっても、身体は二歳だ。舌も上手く回らないし、手足も想像通りになど動いてくれない。……あと、頭が大きくてバランスを取るのもそれなりに大変だ。

前回やその前の『五歳からのやり直し』でも、発見は色々とあったのだが、今回もまた様々な発見があった。

『発見』というと大袈裟だろうか。きっと人によっては「何を当たり前の事を」となるのだろう。けれど、私にとっては正に『発見』であったのだ。

それは、『私は両親にとても愛されていたのだ』という事だ。

……当たり前の事なのかもしれない。

けれど私はそれまでのやり直しの中で、両親からの愛情というものを感じたのは、前回とその前の二回だけで、それも『やり直して以降の私』を両親は愛してくれていたのだ。

やり直す以前の私はまあ、あの通りの化け物であったのだから、愛情を抱くのも難しかろうが。

けれど私が『化け物』となる以前。自我が芽生え、それが更に肥大化する以前。一人では何も出来ぬ乳飲み子の私を、両親はとても愛しそうに見つめてくれていた。

……両親は、そもそも私を普通に愛してくれていて、化け物となってしまった事で見限られたのだな……。まあ、当然の帰結であるので、悲しみなどより「それはそうだ」と納得する気持ちの方が強いが。

本当に何故、私はあのような化け物となってしまったのだろう。自分自身の事ながら、不思議で仕方ない。


そして、もう一つ気付いた事がある。

『愛情』というものは、人を此岸《しがん》に繋ぎとめる鎖となるのだ、という事だ。

生まれる時点からやり直した私は、自分自身で歩き回れるようになると、『その時点での私の出来る限りの事』をやろうと動き始めた。……四歳くらいの頃であっただろうか。私が一人で歩き回っても、侍女が心配そうな表情をしなくなった頃だ。

その頃に、父から書庫への出入りを許された。書庫など幼児が見ても面白いものではないし、収蔵されている希少な書籍に悪戯をされては堪《たま》ったものではない。そういうご尤もな理由から立ち入りを禁じられていたが、私の幼児離れした理解力やそれまでの立ち居振る舞いなどから、書庫へ入れても大丈夫そうだと判断が下ったのだ。

『幼児離れ』は、それは当然だ。これまで繰り返してきた年数を全て合算したら、父の年齢をも軽く超えてしまうのだから。

読み書きなども、習う以前から知っている。本を読む事も造作ない。

問題があるとするならば、身体が幼児であるので、すぐに疲れて眠くなってしまう事くらいだ。私が疲れてきたと見るとすぐに、侍女に「お部屋へ戻りましょう」と部屋へ連れていかれてしまう。そして寝台に突っ込まれてしまうと、幼い私は抗う術も無く眠りに落ちてしまうのだ。

……寝ている時間が惜しい、などと言ったら、両親にどのような顔をされるだろうか。

なにしろ、やらねばならぬ事は山のようにあるのだ。

まずはシュターデンの縁者のリストアップを。そして、いずれ簒奪派となるかもしれない連中のリストも作っておいた方がいいだろう。そして国内の暗殺者などの連中のリストも作っておこう。

あとはまた、隠密を一人、フィオリーナの村に派遣しておいた方がよさそうだ。

そしてまた、父に友人たちを集めてもらわねば。

そんな事を考えながら、書庫で情報を集めていた。

一つずつ地道に。そういう作業は、もう慣れきってしまっている。やり直す度に繰り返してきた事だ。そして、ここを疎《おろそ》かにしてしまうと後が大変な事となる。それも学習済みだ。

貴族名鑑や納税の記録などから、関連のある者たちの名前を拾い上げては記録していく。そしてその連中をかつて投獄した際に有用であった情報を書き添える。

ひたすらに地味で地道な作業である。

ただ『今回』、一点だけ大きな問題がある。それは、如何《いか》にして父に『私が何度も人生をやり直している』という事を信用してもらうか、という点だ。

かつてのやり直しの中では、『化け物』が急に理性的になるという劇的な変化を目の当たりにする事によって信用を得ていた。けれど今回は『生まれた時点からのやり直し』だ。父の知る『私』は決して化け物などでなく、むしろ恐らくは出来の良い息子であるのだ。

もしかして、『やり直し』の話を父にしてしまったが最後、私は離宮へと突っ込まれてしまうのだろうか。……それは駄目だ。

しかし前もってそういった不可思議とも言える現象なしに、やり直しの事実を信じてもらえるものだろうか。

話だけなら聞いてもらえるだろう。けれど、それをきちんと事実として信じてもらえねば意味がないのだ。私が『やり直している』事を前提として、まとめた資料を信用してもらい、連中を捕らえてもらわねばならないのだから。

父もあの石に願いを叶えてもらったと言っていた。ならば、私が見た『真っ白な部屋と、そこにぽつんと浮く青い石』の話は信じてもらえるだろう。……だが、待てよ。父が『願いを叶えてもらった』というのは、一体いつ頃の話なのだろうか。

私が父からそれを聞いたのは、前々回の十六歳だ。なので、それ以前である事は確かだ。私は現在、四歳だ。父が『願いを叶えてもらう』のは、ここから私の十六歳までの十二年間の内である可能性もあるのだ。

だとしたら、あの石に不思議な力があって……などと話しても無駄だ。ああ……、離宮コースが見えてきた気がするな……。

父に『やり直し』の話を信じてもらう為の方法は、おいおい考えるとしよう。

まずは集められるだけの情報を集め、それらを纏めてからだ。


そうして情報を集めていく中で、衝撃的な事実を知ってしまった。

カムデン侯爵家に、セラが居ない。

貴族名鑑には、カムデン侯爵夫妻と、その長男であるローランドの名前しかない。

それを見た時の、私の心情を理解してもらえるだろうか。

名鑑に記載漏れがあった？　いや、カムデン侯爵家以外の貴族家の構成員には、私の知る限り不審な点はない。では、侯爵家が虚偽の申告をしている、またはセラの出生を届けていない？　そんな事をする意味がない。しかも露見したなら、それなりに重い罪となる。あの「面倒事とは距離をおいてのんびり生きたい」を是とする家が、そんな真似をする筈がない。

という事は、……本当に、セラフィーナ・カムデンという人間が居ないのだ。

どういう事だ⁉　私はあの時、石に願った筈だ！　セラフィーナを奪わないでくれ、と！　石は確かに『了承した』と言った筈だ！　それともあの『了承』とは、私の願いとは別の何かを指して言ったものなのか⁉

余りの訳の分からなさに、私は父から許可を貰い、宝物庫へと足を運んだ。石が何か答えをくれるのではないかと期待して。

けれどあの石は、宝物庫の台座の上に静かに安置されているだけだった。

色も当然、淡い緑色だ。真っ青ではないし、光を発したりもしない。

思わず「どういう事なのだ……」と呟いたが、その声に答える者など当然居なかった。

セラフィーナが居ない。

その意味するところは、何なのだろうか。

ローランドは存在した。やはり私の二つ年下だ。そして私の友人たちも全員居た。ついでに、こ

れまでの『やり直し』で分かっている限りの、『シュターデン派』とでも呼ぶべき連中と、『簒奪派』の連中も全員見つけた。

セラだけが居ない。

その事実は、私を打ちのめすのに充分すぎる威力を持っていた。

私はそれから暫くの間、自室の寝台の上で伏せる事になった。特に具合が悪かった訳ではない。……恐らく、それまでの疲労が出たのだろう。熱などはないし、何処かが痛んだりする訳でもないのだが、身体を起こそうという気力が湧かない。そして、何だか視界に入る全てが色褪せて見える。比喩ではなく本当に、全てがくすんだような色調となってしまっている。

寝台に横になり、ただぼんやりと天井を眺めていた。

私が今回のやり直しで叶えたかった願いは、どうなってしまったのだろうか。私はただ、セラに幸せな生涯を送って欲しかっただけなのに。

そんな事を考えるともなしに考えつつ、『これまで』を振り返ったりしていた。

『一回目』。私が恐ろしく愚かな化け物であったあの頃。

愚かで醜悪な化け物は、美しい一人の少女に恋をした。いや、『恋』と呼ぶには、それは余りに幼稚な感情であっただろう。

化け物は、初めて見る可愛らしい少女を、可愛らしいが故に『自分のものにしたい』と思っただけだ。単なる所有欲だ。

実際、彼女が遠方へ行ってしまって、手に入らないと分かると簡単に忘れてしまう程度のものだった。

『前々回』、初めて五歳からやり直した回。

茶会の席で改めて見るセラフィーナは、やはりとても可愛らしかった。

フィオリーナも愛らしい娘であったのだが、セラに対して抱く感情とは何かが違っている。何が違うのかは、自分でもよく分からないが。

……単純に、私がセラの容姿を好んでいるだけなのだろうか。よく分からない。

そして今となっては、フィオリーナに対して抱く思いは、ただひたすらに『申し訳ない』というものばかりだ。

一回目は、私はセラとまともに会話などした事がなかった。まあ、それは当然だ。あの化け物相手では、大抵の人間が『会話』など成立させようがない。何せ化け物の方に、会話を理解するだけの能がない。

けれどこの『前々回』は、私とセラは『友人』と呼べる程度には親しくなれたのではなかろうか。

……いや、セラの内心なんかは分からないのだが、嫌われてはいなかったと思いたい……。

そこで少なくはない会話を交わし、幾らかの時間を共に過ごし、『セラフィーナ・カムデン』という一人の人間を知る内に、私は彼女に改めてきちんと恋をした。

可愛らしいだけではない、少々風変わりな彼女の内面を知り、それすらも愛しいと。


そして『前回』。

『前々回』に私は、悔やんでも悔やみきれない思いを味わった。もう二度とあんな思いはしたくない。何としても、セラフィーナを守らねば。

その為に打てる手は全て打たねばならない。

そう強く決心し、そうあるようにと動いたつもりだった。

『前々回』にやった事は全てやったし、足りなかった部分も補った……筈だった。

それでも、セラフィーナを守れなかった。

今でも、一つ一つの出来事を鮮明に思い出せる。

恐らく全て片付いただろうと、セラフィーナにプロポーズをした日の事。婚姻の式典での彼女の姿や表情。そして、はにかんだような幸せそうな笑顔で「懐妊だそうです」と告げてくれた事。

……それら『幸せな出来事』も、今となっては全て『無かった事』でしかないが。

寝台に横になったまま、私はそういう『幸せな過去』を思い出していた。

今回、セラが居ないのであれば、あれら『幸福な日々』は、二度と訪れないのだ。

……私は『今回』、何の為にここに居るのだろうか。石は何故、私に『今回のやり直し』をさせているのだろうか。

それとももしかして、私が『何度もやり直したという記憶』自体が、何者かによって植え付けられた偽の記憶か何かなのだろうか。本当は『やり直した過去』などなく、『セラフィーナ・カムデン』という女性など居ないと。

ああ、何だろうか……。

段々、訳が分からなくなってきた。

けれど分かっている事が一つだけある。

『やり直す』には、私が命を落とせば良いのだ。

石が私にやり直しをさせているのは、決して『私の願い』を叶える為ではない。それは何となく分かる。あの石は、『誰かの願い』を叶える為に、『私を死なせる訳にはいかない』のだろう。だからこそ、私が死んだ時点で、私はまた『やり直し』をさせられる。

という事は、私がここで死ねば、私はきっとまたあの『餓死寸前の一回目の宝物庫』からやり直しになる。

……やり直せば、『セラフィーナの居るどこかの時点』へ戻れるだろうか。

戻れなかったとしても、ただ私が本当に死んでしまうだけだ。大した問題ではない。

部屋の隅には、護身用の小さな剣が置いてある。万に一つくらいの可能性でしかないが、もしもここに賊が入り込んだ際に使用するようなものだ。子供の手でも扱えるものなので、大した威力などはないのだが、それでも一応の殺傷力くらいはある。

あの剣で、喉を突いてみようか。

……当時の私は、『今回はセラが居ない』という現実に、既にやる気を失っていたのだ。

どれ、剣でも持ってくるか……と身体を起こそうとしたが、全身が倦怠感に包まれていて、腕を動かす事すら億劫でままならない状態である事に気付いた。腕ですらそれなのだ。身体など、起こせよう筈もない。

この状態は覚えがある。

『前々回』、セラが亡くなった後、こういう状態に陥り、そのまま『次のやり直し回へ』となった。

ああ、なんだ。では、わざわざ剣など持って来ずとも、このまま放置さえしていて貰えたら、あとひと月と待たずにまた『やり直し』か。

それは楽でいい、などと本気で考えていたのだから、当時の私は相当参っていたのだろう。

けれども私は、この国でただ一人の王子だ。放置などしておいて貰える筈がなかった。

寝台に寝たきりで身体を起こす事はおろか、まともに口すらきけない私を、様々な人たちが入れ替わり立ち代わり様子を見に来た。

前々回の私は彼らに対して、癇癪を起こしたいような気持ちになっていたな……と、不思議な懐かしさを覚えたりした。

今回は、そういった苛立ちのようなものはない。

ぼんやりとしていて余り頭も働かないのだが、それでも時折目を開けると、寝台の横に必ず誰かが居て、私を酷く心配そうな目で見ている事だけは分かっていた。

そう。『必ず』誰かが居るのだ。そして彼らは一様に、聞こえているかすら定かでない私に向かって、「大丈夫です、きっと良くなります」などと声を掛け続けてくれているのだ。

それは医師であったり、医師の助手であったり、侍女であったり、侍従であったり、父であったり、母であったり……。

ああ、『私』は愛されているのだな……。

時間を問わずそこに居てくれる人々に、誰に聞かせるでもなく私を励まし続けてくれる人々に、改めてそんな風に思った。

そこで漸く気付いた。

私にとって『セラフィーナの死』というものが何より重い出来事であるように、彼らにとってはもしかしたら『私の死』というものは相応に重い出来事となってしまうのではないだろうか。

……恐らく、『普通の』人であれば「それはそうだろう」と呆れるだろう。けれど『私』という人間は、普通とは言い難いおかしな成長過程を経てきてしまったのだ。自分自身の事なので私にはよく分からないが、俯瞰《ふかん》してみたならば恐らく、とても歪な形をしているのだろう。

『愛する存在を亡くす』という出来事は、恐らく誰にとっても辛いものだ。たとえその愛情の形が親愛であろうと、友愛であろうと、家族愛であろうと。

ふと、前々回の死の間際の、父の悲痛な叫びを思い出した。父らしくない、冷静さを欠いた掠《かす》れた声だった。

ああ……、前々回の父にも、『愛する者を失う痛み』を負わせてしまっていたのか……。そしてそれはきっと父のみならず、母にもだ。

父が石に願ったのは確か、『家族の健康と幸福』だ。

ならば『私の死』によって、それは幾らか損なわれる事となるのだろう。

両親が私を愛してくれているのならば、その『愛する息子』を早くに亡くすという事態は『幸福』などではあり得ないだろうから。

……だから私は、『やり直し』をさせられていたのか？　父の願いを叶える為に？

まあ、そうとは限らないし、それだけとも限らないが。けれどきっとあの石は、『私が死ぬ世界』を望んでいないのだ。それだけは分かる。

父の願いは『家族の健康と幸福』だ。その『家族』には、私も含まれる筈だ。ならば私にだって、『幸福』になる権利はある筈だ。

『今回』のやり直しがどうなっているのかは、未だ分からない。けれど、私を愛してくれている人々の為、もう少し様子を見る事にしてみよう。

そんな風に思い、私はやり直しへと身を投じる事をやめたのだった。

私は二週間程度、寝込んでいたらしい。

その間の事は箝口令《かんこうれい》が敷かれ、伏せっていた理由は『風邪』とされた。

少しずつ気力と体力を取り戻していく私を、やはり皆が励まし、喜んでくれた。……一つ誤算であったのは、それ以降、母が少々心配性になってしまった事である。まあそれも愛されているが故か、と苦笑してしまったものだが。

◆

五歳になった私は、父に頼んで茶会を開く事とした。

当然、目的は友人たちとの再会だ。……まあ、彼らにしてみたら、私など初対面でしかないだろうが。

この茶会の本来の目的は、『化け物の更生』だ。なので今回は、私が言い出すまで、茶会の開催など全く話題にすらならなかった。

成程、まっさらな状態からやり直すと、こうまでも変わるのか……。

この茶会は本来は、父が全て調えてくれて、私には日時だけが知らされるものだった。けれど誰も何も言い出さないので、私は自分で招待したい四人をピックアップし、父に日時を告げたのだ。

友人が欲しいので、彼らを茶会に招待して欲しい、と。

父は「構わんが、何故この四人なのか」と問うてきた。それに私は、迷いなく答えた。「良い友人となれるからです」と。

父は「凄い自信だな」と楽し気に笑っていた。言った後で私も「確かにそうだな」と思い、可笑しくなってしまい一緒に笑ってしまった。

けれどきっと彼らとならば、何度やり直しても友人となれる。私はそう確信している。

そして茶会の当日。

集まった四人は、それまでのやり直しとは違い、慇懃《いんぎん》ににこやかに私を迎えてくれた。それも当然だろう。何しろ一般的な私の評判は、『最悪の化け物』ではなく『聡明な王子』なのだから。

……『聡明』などと言われると、少々うそ寒いものを感じてしまうが。実際の『私』は五歳どころか、何度も『やり直し』、その度に学習を重ね、知識と経験を得てきているのだ。これで逆に「通常の五歳児と同等」などという評価になったなら、情けなくてやりきれない。

懐かしいのだが初めて見る彼らに、何とも不思議な気持ちになった。

そしてやはりセラが居ない事が、心にずっと抜けない棘のようにちくちくとした痛みをもたらすのだった。

集まった彼らは、やはり『彼ら』だった。

前回、前々回と、彼らの人間性とでも言うべきものが変わっていなかったので、きっと今回もそうだろうとは思っていた。そしてそれは、案の定であった。

公爵令息はやはり少々の皮肉屋で、どうやら私の力量を試そうとしているような節《ふし》がある。意地の悪い質問や言い回しを多用してくる。けれど十八歳の彼と違い、五歳の彼にはまだ手心というものがある。……いや、違うか。まだ『すれていない』だけか。五歳にしては切れ味の鋭い舌鋒《ぜっぽう》であるが、成人する頃にはそれに更に磨きがかかる事を私は知っている。

侯爵令息は言葉数が少ないな。……ああ、『場』を観察しているのだな。彼にとっては初対面の人間ばかりだ。誰がどういう個性を持つのか、見極めようとしているのか。彼の目には、今の私はどう映っているのだろうか。いつか訊ねてみたいものだ。

子爵令息は相変わらずの生真面目さだ。公爵令息のともすれば不敬とも取れそうな発言を、やんわりと諫めている。彼も言葉数が少ないが、それは元々の気質によるものだ。相変わらずだ、と嬉しくなる。

そして公爵令嬢だが……。

彼女だけ、少々様子がおかしい。彼女の性格からしたら、割り込んできてもおかしくない話題が幾らでもあった。けれど、ただ何か考えている風な表情をするだけで、積極的に話に入ってこようとしない。『女性であるから』と遠慮するような性質《たち》でもない筈なのだが……。

そんな風に思っていたら、彼女がとんでもない発言をした。

丁度、一旦話題が途切れたところだった。そのタイミングを見計らっていたように、公爵令嬢が言ったのだ。

「皆様は、『セラフィーナ』という名の令嬢をご存知でいらっしゃいますか？」

何故、その名を……？

酷く驚いたし、動揺もしていたのだが、恐らくは上手く隠せていただろう。

「……どちらのご令嬢だろうか？」

全員がきょとんとするばかりで誰も発言しないので、仕方なしに私が代表して訊ねてみた。

さて、彼女は何と答えるか……。

「物語に出てくるご令嬢ですわ。……楽しい物語だったものですから、どなたかご存知の方がいらしたらお話ししたいと思いましたの」

これには公爵令息が「存じ上げず、申し訳ありません」と返していた。

物語？　本当に？

本当だったとしても、別におかしな事はない。楽しかった本の話を、同好の士と語り合いたいと思う事に、何ら不自然な事はない。

けれど、それをこの場で言い出すのが不自然なのだ。

まず、この場に『少女が好むような物語を好みそうな者がない』。彼女以外、全員男性なのだ。

もしもそれが恋愛物語だったりしたならば、同年代の少年はまず知らないだろう。五歳といえど、そこに彼女が気付かぬ筈がない。

次に、『楽しい物語』について語り合いたいのであれば、『一登場人物』の名ではなく、『物語そのもの』の名を出す方が通りが良いのではないだろうか。けれど彼女は、『その令嬢が何という物語に登場するのか』は口にしなかった。……もしかしたら、しなかったのではなく、出来なかった、のではないか？

そして何より、よりによって『セラフィーナ』だ。

もしも彼女にも、前回以前のどこかの何かの記憶があると仮定するならば。彼女がこの場でその名を出す事は、至極《しごく》尤もな話となる。

彼女はここでセラと出会い、後に無二の親友となるのだから。

……賭けではある。私がおかしくなったと思われる可能性は、無いとは言い切れない。けれど、今の発言の真意を、彼女に質《ただ》したい。

そう考え、私は茶会の後、公爵令嬢を呼び出した。


結論から言うと、公爵令嬢には『一回目』の記憶があるようだった。『前回』のやり直しを終えた後の、私と石のやり取りを聞いていたらしい。

……という事は、私の『やり直し』に、偶然巻き込まれたのだろうか。

いや、恐らく『偶然』ではない。きっとそこには、石による何らかの必然性があるのだ。……まあ、石が何を考えているのかなど、私では分からないが。

互いの記憶の擦り合わせのような事をし、公爵令嬢の持つ記憶はほぼ確実に『一回目』である事が分かった。

そして別れ際、私は彼女にとんでもない事実を聞かされるのだ。

「セラは、異国で命を落としております。……セラが、十八になる年に」

◆

公爵令嬢の話によると、『一回目』のセラの死因は、完全なる『偶然の事故』だ。

発掘調査中の落盤事故という事で、セラ以外にも死者は出ていたようだ。なので、現場の捜査はかなり念入りに行われたらしい。結果、不審な点などはなく、その出来事は『完全なる事故』であると結論付けられたそうだ。

その『事故』自体は、確かに偶発的なものなのかもしれない。

けれど、それが起こった日だ。

一回目のセラが事故に巻き込まれ亡くなったのは、またしても私の十八歳の生誕祝賀の宴の日なのだ。

二度なら偶然、三度なら必然などと言うが……。

『必然』などであって堪るものか！　何故、セラが死なねばならないのか！

私の行いが変わる事によって、『フィオリーナの死』は回避出来た。……いや、彼女がシュターデンの養女となってしまっていた回に関しては、正確な『その後』というものは分からないのだが、少なくとも『公開処刑』などはされていない筈だ。

そして前回と前々回に関して言えば、フィオリーナはとても幸せに暮らしていた筈だ。彼女に何かあったならば、絶対にあの隠密が読むのを躊躇う長さの報告書（という名の日記）を送って来る筈だからだ。けれど隠密からの書状には、『結婚した』『子が生まれた』『家族全員で、フィオリーナの子の誕生日を祝った』だのの、「別にそれらは報せてくれなくても大丈夫なのだが……」と言いたくなる出来事しか書かれていない。

当然、彼女の周囲の者たちも、特に不幸などはない。フィオリーナの伴侶となった青年が、額の生え際が後退してきている事に悩んでいるらしい……という程度の不幸くらいしかない。（そして隠密はそれに関しては「ざまぁみろってなモンです！」と記していた）

まあ、髪などどうだっていいのだ。別に、無くても生きていける。

フィオリーナの『運命』に関して言うならば、私の行動によって確かに変わったのだ。

なので前回や前々回のセラに関しても、私は『私が関わってしまったからこそ』殺されてしまったのだと考えていた。

けれどもしも、『セラがあの日に命を落とす事』が必然なのだとしたら？　殺人者を警戒するだけでなく、『偶然の事故』なども警戒せねばならないというのか。

何なのだ、一体！

このおかしな『死んではやり直す』という現象は、私だけに降りかかったものではないのか⁉　私と無関係な場所に居る筈のセラにすら、毎回『死』という終わりが用意されているというのか⁉

そんな馬鹿な話があって堪るか！

……とはいえ、『今回』、セラは何処にも居ないのだ。『セラの死』を悩まずに済むというのは、果たして良かった事なのかどうか……。

公爵令嬢が、私と同じく『やり直し』の記憶を持っているという事は、私にとっては都合の良い事だった。

少なくとも、これで『私の持つやり直した記憶』が、私の作り出した妄想でも何でもないのだという証明にはなる。

そして彼女の持つ記憶は、あの国にとって最悪の事態となった『一回目』だ。シュターデンと簒奪派を放置していた場合、再度起こりうる可能性がゼロではない事態だ。

彼女の助力を得られれば、父にも私の話を信じてもらえるかもしれない。恐らく彼女であれば、『一回目』のあの惨状を再び……などという事態は避けたいと考える筈だ。……いや、一部の愚か者を除いて誰でも、あのような惨状を望む者などないだろうが。

領地を、民を、国を愛する心を持つ女性だ。きっと力を貸してくれるだろう。

そう考え、私は公爵令嬢に宛てて手紙を書いた。

力を貸して欲しいという私に、彼女は快く了承してくれた。


私にとて、国を憂う気持ちというものはある。

シュターデンの一派を、そして簒奪派となるであろう連中を何とかせねば、国が荒れる可能性があるというのは見過ごせない。

そう思う気持ちは嘘ではない。

けれどそれ以上にあるのは、ただの私怨だ。

簒奪派の連中を捕らえたいというのは、『ついで』だ。本当に捕らえて極刑にかけたいのは、シュターデンとその背後の連中だ。

何故なら連中は、セラフィーナを殺したからだ。

意味の分からない逆恨みで！　何の罪もないセラフィーナを！

連中には『やり直し』た記憶などないだろうから、私の言い分こそが逆恨みである事は重々承知だ。けれど、そういう『過去』が確かにあるのだ。ならば、奴らを放置したなら、奴らはまたセラを殺してしまうかもしれない。

確かに、セラフィーナは『今』は居ない。

けれどあの石は、私に確かに『了承した』と言ったのだ。私の願った『セラフィーナの幸福な生』というものを。

ならばきっと、世界の何処かにセラは居るのだろう。名を変え、姿も変え、それでもきっと何処かに。そして、幸せに暮らしているに違いない。

私はもう、そう考える事にしていた。

ただ少しだけ、もしかしたら……と期待する気持ちもあった。

もしかしたら今後、カムデン侯爵家に女児が産まれ、その子がセラフィーナであるという事もあるのかもしれない……と。……まあ大分、都合のいい話であるが。

けれどそうであったなら今度こそ、何を差し出しても守ってみせよう。その為にも、邪魔な連中は排除しておくに限るのだ。

私は父と宰相に時間を貰い、公爵令嬢と二人で『かつてのこの国に起こった惨劇』を話した。

その際に、四歳の頃からせっせと書き溜めた『捕縛して欲しい人物リスト』も、お二人に渡した。

私たちが『人生をやり直している』という話の信憑《しんぴょう》性を高める為、私はわざと『五歳児では絶対に使用しないであろう語彙《ごい》』を選択して口にしていた。

子供が大人ぶりたくて、聞きかじった難解な語彙を会話に混ぜてくる事などは珍しくなかろう。

けれどそういった言葉には、得てして『中身が伴っておらず、単語だけが上滑りする』ような印象が付きまとう。そうではなく、『現状を言い表すに、その言葉が最も適切である』が故に出てきた言葉であるなら、そういった印象は持たれない。

そして私は、二度の『五歳からのやり直し』を経ているが故に、『五歳児が使用すると驚かれるような語句や言い回し』というものを、ある程度理解していた。

今回が初めてのやり直しである公爵令嬢には、恐らくそういった知恵はないだろう。

そして案の定、公爵令嬢は私の選ぶ硬い語彙に釣られたように、いかにも『二十五歳の才女』らしい淀みない明瞭な語りを披露してくれた。

そういった小細工が功を奏し、お二人に私たちの話を信用してもらう事が出来た。

これでシュターデンや簒奪派の連中は、大人に任せておく事が出来る。連中を法に照らし合わせて捕縛する……などという作業に、五歳児の出る幕はない。

一つ大きな肩の荷が降りた事に、私は心底安堵する思いであった。

その後、更に父に個人的に時間をいただき、『シュターデンによる国王暗殺』の話をした。

あれはそもそも、シュターデンが城へ入り込まなければ不可能な出来事だ。けれど、万が一という事もある。

父は城に勤務する者と、出入りする業者たち全員の身辺調査を約束してくれた。そして今後、人を雇い入れる際の徹底した調査も。

その際に私は、ずっと気になっていた事を訊ねてみた。

「……父上は、あの石に願いを叶えてもらった事はありますか?」

訊ねた私に、父は幾らか返事を戸惑っているようであったが、暫くの間の後に「……ある」と短く答えてくれた。

ああ、では、信用してもらうには、私の見たあの光景を話すだけでも充分であったか。

そして……。

「父上」

呼びかけると、僅かに顔を伏せていた父がこちらを見た。

その父に、私は微笑んだ。

「大丈夫です。私が人生をやり直しているのは、決して父上の願いのせいなどではありません」

言うと、父が酷く驚いたような顔をした。

何度やり直しても、その人そのものというべき部分は変わらない。なので父は今、「私がやり直しをしているのは、自分の願いのせいなのでは……」と、ご自分を責めているのだ。

前々回もそうだった。そして、前回もそうだった。

けれど、これだけは言える。

「確かに、石が私に『やり直し』を繰り返させている理由の一つは、父上の願いなのかもしれません。ですが恐らく、それだけではない。あの石が誰のどのような願いを叶えようとしているのかは、私には分からぬ事ですが、『父上の願いが原因で』という事ではありません」

父の願いを叶える為に、というのであれば、そもそも『最初のやり直し』が発生しないのだ。

あの愚かで哀れな化け物は、とても『幸せな王子』であったのだから。最期まで城下の惨状を知らず、恐れも、悲しみも、痛みも何も無く。

その王子を『現状を変える為にやり直させた』のだ。化け物には、『何を変えたいか』と問われるまで、現状に不満など無かったにも拘《かか》わらず、だ。

「既に父上の願いは達成されていたのです。……という事は、石が叶えようとしていた『願い』は、父上のものではないのです」

そして、私のものでもない。

「お前は……、私が石に何を願ったのか、知っているのか……？」

「私や母上の、健康と幸福……でしょう？」

とてもささやかで温かなこの『願い』が、私は大好きなのだ。一国を背負う王として、凛とした姿で立つ父。『威厳ある王』として振る舞っているが、その父の核とでも言うべきは、とてもささやかで温かな願いなのだ。そういう父が、私はとても好きなのだ。

咄嗟に自分自身の事ではなく、自身の周囲の者の幸福を願える父が。

「父上がお気に病まれる必要は、ないのです」

父は「そうか……」とだけ呟くと、再び顔を伏せてしまった。


父や宰相に、シュターデンや簒奪派の事は任せる事が出来た。

ついでに父から隠密を一人借り受け、彼をフィオリーナの元へも向かわせた。フィオリーナがシュターデンの養女となってしまうと、ある意味『チェックメイト』なのだ。それを阻止する為だ。

……それと、あの隠密は、毎回あの村で幸せそうに暮らしていたようなので、今回もそうしてやろうと思った、というのもある。

そう。フィオリーナの暮らす村へ送り込んだのは、例の隠密だ。定期的な報告を約束させて送り出したので、恐らくまた報告書という名の日記が送られてくるのだろう。

私はそれらの結果が出るのを、後は待つ事くらいしか出来ない。

……これから、何をして過ごせば良いのだろう。

手が空いてしまったのが悪かったのか、そんな風に考える事が多くなっていた。

『これまで』は、とにかくシュターデンや簒奪派の連中を何とかしようと、必死に足掻き続けてきた。その過程で集めてきた情報などは全て、今回は父と宰相に託した。『大人たちに任せておけば、全て上手くいく』というのは、前回・前々回とそうしてきたので分かっている。

そして前回は、『何としてもセラフィーナを守らねば』と必死だった。

けれど今回、そのセラフィーナが居ないのだ。

ああ……、やるべき事がなくなってしまった。

大人たちが動いてくれている以上、この国の行く末は安泰であろうし、フィオリーナに関しても隠密が上手くやってくれるだろう。

では私は、これからどうしたら良いのだろう……？

そんな風に、私は己の行先を見失ってしまっていた。


私には、日課があった。

別にそれを『日課』として自身に課していたのではない。単に、毎日毎日、懲《こ》りもせず繰り返していただけの事だ。

それは、一日の終わりに、貴族院へと提出された出生届を確認する事だった。

貴族家に赤子が産まれたならば、速やかに貴族院へと提出しなければならない。それを元にして、年に一度『貴族名鑑』が更新される。

もしかして、カムデン侯爵家から女児出産の報がないだろうか……と。

どこぞの家に、セラフィーナという女児が居ないだろうか……と。

毎日確認しては、「まあ、居ないよな……」と、小さな溜息を零しておしまいというだけの作業だ。

私のその『日課』は、両親も知っていた。知っていたのだが、特に何も言われた事がなかった。

……まあ、何を言って良いものかも、よく分からなかったのだろう。別に咎められるような行為でもないのだし。

けれど私が六歳の折、何故か私と公爵令嬢の縁談、などという話が持ち上がった。

当然、私にも彼女にも、互いに恋愛感情などはない。私たち二人を結ぶのは、『一回目の記憶』と『セラフィーナ』なのだ。

そういう、他者に聞かせるには憚られる話題が多い為、私と彼女はよく人払いをして会話をしていた。それがまずかったようだ。

どうやら傍目《はため》には、『とても仲睦まじい二人』と映ってしまっていたらしい。……まあ別に、仲は悪くはないと思うが。だが、特別に睦まじくはない。

その誤解を解く為に、公爵令嬢と二人で、父にセラの話をした。

その後、私が例の『日課』を行っていると、父に「お前はもしや、『カムデン侯爵令嬢』を探していたのか……?」と訊ねられた。

探している……のだろうか。何だかこの作業ももう本当に、『一日の終わりを締め括る為のルーティン』となっているだけのような気もする。

なので私は正直に「さあ、どうなんでしょう……？　私にも、もう分かりません」とだけ答えた。

けれどその一年後、学習時間中の私の元に、父がカムデン侯爵家から提出されたばかりの出生届を持ってやって来るのだった。

5. ただ君が、幸せであってくれたら、それだけで。

カムデン侯爵家に女児が誕生し、その子は『セラフィーナ』と名付けられた。

その報を運んできてくれたのは、父だった。しかも苦笑いだった。……何故、苦笑いなのです？

数日後、やはり父に苦笑いで「……で、お前はこれからどうするのだ？」と訊ねられた。

「どう……とは？」

何の事やら分からず訊ね返した私に、父は相変わらずの苦笑いだ。

「いや、言っていただろう？　カムデン侯爵家に女児が産まれたならば、妃に望みたいと」

「はい。可能であれば、そうしたいと考えておりますが……？」

ですから何故、苦笑いなのですか。

「そうか……。まあそれはそれで構わんが、せめて後六年は待てよ？」

分かっておりますが。……その苦笑いをやめていただけませんか？


きちんと法的な拘束力のある『婚約』という契約は、対象者が六歳を超えていなければならないのだ。なので私は、後六年待つ必要がある。

六年か……。長いのか短いのか、よく分からないな。

その間に、片付けられるものは片付けておきたい。

大人たちに任せてあるシュタ－デンと簒奪派の連中の捕縛は、それなりに順調なようだ。私がリストに挙げた連中というのは、揃いも揃って後ろ暗い部分がそれなりにあるので、そこを叩けば埃など幾らでも出る。

それらをきちんと裏を取り、一人ずつ確実に捕らえていってくれている。中には、芋蔓《いもづる》式に自身が投獄されると悟り、逃げ出そうとする者も居たようだ。けれどそれらもきちんと捕らえてくれている。なんと優秀で有難いのか。

リストには、前々回セラを殺せと命じた者のように、事態が動いてからでないと登場しない者も居る。そういう連中は、宰相がきちんと避けて記録してくれているようだ。

なので今は主に、『後に簒奪派となる連中』を予め捕らえる作業である。

そしてやはりそこに、現在七歳の私の出る幕など全くない。

出来る事といえば、『カムデン侯爵家の娘』という存在に興味を示す者に、少々の横槍を入れるくらいだ。

……前回も、前々回も、セラに興味を示す家などなかったのだがな……。ああ、そうか。『婚約』を締結出来る以前の五歳という段階で、彼女は『王子の茶会』に呼ばれているのだから、それはそうなるか。

王直々の声掛けで集められているのだ。きっと世間は『集められたのは王子の側近候補と婚約者候補である』と考えるだろう。

という事はだ。

それが出来なかった今回は、私以外にセラを欲しがる者が出てくる可能性があるという事か……？

正直に言えば、面白くない。ものすごく気に食わない。けれど、見誤ってはならない。

一番大切なのは、『セラが幸福である事』なのだ。

そう。セラが一番、幸せであると思える相手ならば、私でなくとも良いのだ。……ただ、『恐らくもう命の危険はない』と判断できるまでくらいは、側で守らせて欲しいと思うだけだ。

今度こそ、君が穏やかに生涯を閉じられるように。

それだけでいいのだ。

◆

そんな事をしながら、セラフィーナが六歳になるのを待ち、無事に私とセラフィーナの婚約は締結された。

父はどうやら、カムデン侯爵家側が渋るのでは……と考えていたらしい。

理由は、あの家は余りにも中央と距離を置いているからだ。政治の中枢に関わる事を嫌うのでは……と考えていたようだ。

それは確かにその通りだ。けれどカムデン侯爵家の者は、「長いものには巻かれとけ、が家訓」なのだ。かつてのセラがそう言っていたのだから、間違いない。……聞いた時、その家訓はどうかと思ったのだが。けれどこういう状況となると、逆にその家訓が有難い。カムデン侯爵家の『事なかれ至上主義』万歳だ。

長いものには巻かれておけと言うならば、王家からの要請など断れる筈がない。

父にその話をしたら、えらく複雑そうな笑顔で「そうか……。……お前だけは敵に回したくないものだな……」と言われてしまった。父上の敵になど回りませんが？　何なのですか、その表情は。

『婚約』という契約は、大人たちによって取り決められる。なので私はその後、『婚約者として』セラやセラの父親である侯爵に挨拶へ出向く事となった。

……カムデン侯爵邸には、良い思い出がない。

何度もやり直しをしてきたが、侯爵邸を訪問したのは、セラの亡骸に対面しに出向いたあの一回きりだ。どうしてもあの時の印象が強い。

いや、大丈夫だ。

今回私は、『生きているセラ』に、初対面の挨拶をしに行くだけなのだ。

大丈夫だ。あんな光景は、もう二度と見る事はない。そうあるようにと動いているのだから。

侯爵邸へと到着し、馬車を降りると、侯爵とセラがそこに居た。二人とも、深く頭を垂れているので、顔が見えない。

「二人とも、顔を上げてもらえるだろうか」

そう声を掛けると、礼をしていた二人がゆっくりと身体を起こした。……『二人』というか、正直なところ私は、セラしか見ていなかったのだけれど。

身体を起こしこちらを見るセラを見て、私は泣き出しそうなのを堪えるのに必死だった。

セラフィーナだ。本当に、私の知っている『セラフィーナ・カムデン』だ。セラが生きて、そこに居るのだ。

実はこの顔合わせの以前、公爵令嬢に言われていたのだ。

「殿下もわたくしも、七つ年下の『セラフィーナ・カムデン』がわたくしたちの知る彼女である前提で動いておりますけれど……、『今回』の『セラフィーナ・カムデン』が、同姓同名なだけの別人の可能性……というものはないのでしょうか?」

それは考えた事も無かった。

カムデン侯爵家の女児で、名前が『セラフィーナ』。そうであれば、それは当然、『私たちの知るセラ』であるのだと考えていた。

けれど言われてみたら確かに、そういう可能性もあるかもしれない。

何しろ、何故かセラだけ年齢が違う。それ以外の全ては、前回までと変わっていないというのに。私の『友人たち』の性格などに関しても変わっていないのは、公爵令嬢も「わたくしの知る『彼ら』のままですわね」と同意してくれている。

全てが変わらない中で、セラだけが『変わっている』。ならば、彼女が私たちの知る『セラフィーナ・カムデン』ではない可能性も、確かにあるのだ。

そんなような事を、ここへ来る道中ずっと考えていたのだけれど。

間違いない。

今私の目の前に居るのは、私の大切な『セラフィーナ・カムデン』だ。私が何よりも守りたいと思っている彼女だ。

そう確信したには理由がある。

さっきからずっと、世界が眩しいのだ。比喩などではなく、本当に目が痛くなりそうな程に。

それは、四歳のあの日——カムデン侯爵家にセラが居ないと知った日、色が褪《あ》せてしまった私の視界に、セラと目が合った瞬間に一気に色彩が戻ってきたからだ。

「わざわざのお越し、恐悦に存じます」

侯爵の言葉に、はっと我に返った。

そうだ。感動して泣いている場合ではないのだ。……初対面でいきなり私に泣かれても、向こうも相当に困るだろうし。いや、確かに前回はいきなり泣き出してしまったのだが。あれは五歳の子供の行いと目溢《めこぼ》しいただきたい。

春先で気候が良い事もあり、通されたのは庭園だった。

庭園……なのだと思う。雑草にしか見えない草花が生い茂っているし、その向こうには畑にしか見えない畝《うね》があるようだが……。

世界に色が溢れていて、光が刺すように眩しく感じて、その中でもセラが一際眩しくて、私は視界を慣らそうと通された庭を眺めていたのだ。

しかしこの庭は……、コメントに困るな……。いや、ものすごくセラらしい仕上がりの庭ではあるのだが。この光景を「美しい」と評する者は居ないだろう。……何と言えば角が立たないだろうか……。

セラらしい……などと、初対面の人間が言うのもおかしいだろうしな……。ならば、これしかないか。

「何というか……、個性的な庭園だな」

この『個性的』という表現は、侯爵令息が教えてくれたものだ。前々回、『女性に対して使う、角の立たない表現』として。「セラを『面白い』だとか『変わってる』だとか言うと、知らない人にとってはマイナスの印象を与える可能性もありますからね。そういう時は、そういうのを全部ひっくるめて『個性的』って言っとけば大丈夫です。相手は勝手に好意的に解釈してくれますよ、多分」だそうだが。

……どうか、好意的に受け取ってもらえないだろうか。

「お気遣い、痛み入ります」

言いつつ、侯爵がテーブルの下でセラの足を蹴りつけているのが分かった。

うん……、やはり、セラの仕業なのだな。

前回も前々回も、セラは茶会に登場する果物に、いやに興味を持っていたのだ。そして茶会が終わると城の厨房へ行き、使用した果物の種などがあると持って帰っていたらしい。

前回、それをどうしたのかとセラに訊ねたら、「家の庭に埋めました。今では、季節ごとに様々な果物が採れます。クリス様、召し上がられますか？」と言われた。

きっと前回も前々回もその前も、カムデン侯爵邸の庭はこのような状態だったのだろうな。

本当に、呆れて笑ってしまうくらい、セラはセラなのだな。

さて、庭を眺めていても仕方ない……と、セラに向き直る。やはり眩しくて、目を眇《すが》めてしまいたくなる。

「まずは、挨拶を。クリストファー・アラン・フェアファクスだ。こちらの一方的な提案を受け入れてくれた事、感謝している」

私の言葉に、セラが軽く頭を下げる。そのしずしずとした動作に、思わず笑ってしまいそうになったが、何とか堪えた。

今のセラは恐らく、彼女言うところの『躾と毛並みの良い、つやつやの愛らしい猫』を被った状態だ。指摘するのは野暮というものです、と以前セラに釘を刺されているので、それを口にする事はないが。

「勿体ないお言葉でございます。カムデン侯爵が娘、セラフィーナでございます。拝謁出来まして、光栄でございます」

「こちらこそ、会えて嬉しい」

君の言う『会えて嬉しい』はただの定型文句だろうけれど、私は本当に、君に出会えた事が何より嬉しい。……一時は、もう二度と君を見る事すらないかと思っていただけに、余計に。

そういう思いが顔に出てしまっていただろうか。セラが少々怪訝そうな表情をしていた。

これまでは互いが五歳の頃が初対面であったから、セラにとっては一年遅れで、私にとっては八年遅れの初対面だ。


その『八年遅れの初めまして』は、これまでと違って和やかに始まり終わった。

本当にセラがそこに居た事や、彼女もどうやら変わっていない事などが嬉しくて、私は後日それを公爵令嬢に語って聞かせた。きっと彼女も、親友の様子を知りたいだろうし。

話の途中で公爵令嬢に用が出来たとかで離席されてしまったが、話したい事はまだまだあるのだ。

また彼女に時間をとってもらわねば、と心に決めるのだった。

セラとまた会う事が出来た。それは何よりも嬉しい事である。だが、嬉しいと同時に、『今度こそ、セラを死なせない為には』という事を真剣に考える必要が出てきた。

もしもまた、セラを失うような事があったなら……という恐怖は、勿論ある。

けれど、『失敗しなければ良い』と、石は言った。

それはそうだ。腹が立つくらい当たり前の話だ。それが出来るならば苦労しない。……砕いてやろうか、あの石……。

それでも石の言う通りでしかないのだ。『失敗しなければ良い』。……繰り返せば繰り返す程、当たり前過ぎて腹が立つ……。

本当に砕いてやりたい気持ちになるが、そもそもあの石は人の手で削ったり砕いたりなどが可能なのだろうか。見た目はその辺の宝飾品店にもありそうな石なのだが……。

そんな少々物騒な事を考えていて、ふと思いついた。

石自体を削ったりは出来ないかもしれない（恐らく、そもそも許されない）が、石を装飾品とする事は可能なのではないだろうか。

ブローチでも髪飾りでもネックレスでも何でも良い。貴金属で台座を作ってやり、そこに嵌め込む事は可能な筈だ。

粉々に砕いてやる事が叶わない代わりに、私はあの石を首飾りに加工する事にした。そしてそれをセラへと贈ろうと。

私の願いである『セラの幸福な生』を了承したのだ。ならば、彼女の身に何か危険があったなら、お前が守ってくれ。守れずとも、私に報せてくれ。きっとあの不可思議に過ぎる石であれば、それくらいの芸当はこなせるであろう。

私のその提案を、父は「うん、まあ良いのではないかな」と軽く許可してくれた。

その軽い許可の理由は、実は父は幼少の頃、あの石を持ち出して紛失した事があったらしい。幼い単純な好奇心から石を持ち出し、庭で眺めていたら手を滑らせて落としてしまった、と。落とした場所が丁度、低木で茂みになっている場所で、探しても探しても見つからなかったそうだ。

けれど三日後、石は勝手に台座に戻っていたそうだ。

しかも、宝物庫の管理官に訊ねても、その間誰も宝物庫には出入りしていないという。

もうミステリでもファンタジーでもなく、ホラーだ。……セラは喜ぶだろうか。ミステリやファンタジーは好きだった筈だが、ホラーはどうだったかな……。

そのように『勝手に戻って来る』石なので、カムデン侯爵家に譲渡してもいずれ戻って来るであろう、と笑っていた。……いえ、『持ち出して紛失する』は、笑い事ではないような気がしますが、父上……。

さて、石が本当にセラを守ってくれるかどうか。……まあ、さして期待などしていないが。個人的な事を言えば、あの石に対しては憎々しい、忌々しい思いしかないのだ。

けれどその忌々しい石のおかげで、今の私には様々な『力』がある。愚かな化け物には無かった『思考力』というものがある。

セラを今度こそ失わない為には、どうしたら良いか。

そもそも、だ。

『セラの死の条件』とは、何だ？

当たり前なのだが、誰しもが死亡する際には『死因』がある。その『死因』にも、そこへと繋がる『原因』がある。

例えば、若くして病で亡くなる者が居たとして。その者の『死因』は病だ。その病に罹《かか》る『原因』が、それまでの生活の中などにある筈なのだ。……まあ、病が死因の場合、本当に突発的に発生する難病などの場合もあるので、一概には言い難いのだが。

そして私が繰り返した中で、『私が失敗してしまうと死亡してしまう』のは、私の両親、フィオリーナ、そして私とセラの五人だ。

両親の『死の条件』は、『シュターデンの一派に毒を盛られる』事だ。それはつまり、連中を捕らえさえすれば解決する。

フィオリーナの場合もほぼ同様だ。彼女が公開処刑などという最も残虐な方法で死亡するのは、『シュターデンの養女となり、私の妃となる』場合だ。これはもう、今回は絶対にありえないので大丈夫だ。例の隠密の日記——ではなく報告書によれば、フィオリーナは双子の弟妹たちと毎日幸せに暮らしているようだし。

そして私の場合は、『シュターデン一派か簒奪派をのさばらせる』事だ。ただ『簒奪派』が派手に動き回るには、それ以前にシュターデンの連中が下地を作っておく必要がある。今回、シュターデンの連中は既に大多数が牢の中だ。簒奪派も中核となる家が取り潰されたので、他の有象無象のような連中は戦々恐々とし領地に引き籠っているようだ。

このように、繰り返す中で『死亡する条件』が明確に分かってくるのだが……。

セラに関しては、全く分からない。

一回目は、異国での落盤事故だ。『殺された』のではなく、純粋な事故だ。もう既に人智を超えている。けれどこの事故の回避は容易だ。そこへ行かなければ良いだけなのだから。

前々回は、シュターデンの残党による暗殺。この回避も、シュターデンの一派を漏らす事無く捕らえさえすれば良い。

前回は、弟による刺殺。今回ローランドはセラの兄なのだが、兄妹仲はどうなのだろうか。侯爵に探りを入れてみるか。この回避方法としては、そもそもの発端がローランドのセラに対する劣等感だ。それを払拭《ふっしょく》してやれば良いのだ。つまり、ローランド個人にも充分に価値はあるのだと、周囲が示してやれば良い。

……挙げてみると、一つ一つの死の回避は容易なのだ。けれど、毎回その『原因』がバラバラ過ぎて、何を発端として『セラの死』に繋がるのかが全く分からない。

一回目の原因は、セラが異国へと留学した事。二回目は私がシュターデンの残党を取り逃した事。三回目はカムデン侯爵家の家庭の問題。

全く統一感のない原因であるというのに、死亡する日だけが同じだ。

ならばその日を、厳重に警戒して過ごせば良いのだろうが……。

セラが亡くなった過去の三回は、彼女は『十七歳』だった。『セラが十七歳の時の、私の生誕祝賀の日』が彼女の命日だ。

しかし今回のセラは、私より七つ年下だ。今回、私の十八歳の生誕祝賀が行われる時、彼女は十歳なのだ。

『セラが十七歳』で、『私の十八の生誕祝賀の日』という、二つの条件が揃わなければ、セラが命を落とす事は無い？　……いや、それは楽観が過ぎる。

双方を警戒しておいて損はないだろう。まずは、先にやって来る『私の十八の生誕祝賀』か。

まだまだ先の話ではあるが、私は『その日』をどのように過ごすのが良いのかを考え始めるのだった。

そしてそういう問題があるので私は、婚約の締結の際に『婚姻はセラが成人を迎えてから』という条件を付けておいた。

成人を迎えてから……つまり、セラが無事に『十七歳の一年間』を過ごしてからだ。そうでなければ、安心など出来ない。


さて、そんな数年後の事ばかり考えてもいられない。

セラと婚約した半年後、私とセラの婚約披露パーティーが開催される事になっていた。その準備もしなければならない。

今回はずっと、心に決めていた事がある。それは、『何があったとしても、心残りのないようにしよう』という事だ。……たとえ私が、また二十五で命を落としたとしても。そこまでに「やれるだけの事はやり尽くした」と思えるように行動しよう、と。

もうこれ以上、やれる事などない……と死の瞬間に思えるならば、もしも私が二十五で死んだとしても『やり直し』など発生しないのではないか。何故なら、やり直したとしても、もう『やりたい事』も『やるべき事』も残っていないのだから。

それに、前回も前々回もそうだったのだが、セラを失った後に必ず『ああすれば良かった』『こうしておけば良かった』という悔いが残るのだ。

そういった後悔も残さぬよう、やれる事、やるべき事、やりたい事は全て片付けていこう。

そんな風に考えていた。

なので、婚約披露の日のセラの衣装に関しても、そのようにさせてもらう事にした。どうしても、セラに着せたいドレスがあったのだ。

『前回』、私とセラの婚姻の式典後の宴席用のドレスだったのだが、色合いなどが一部の招待客と被ってしまう可能性があったので、不採用としたデザインのものだ。けれどセラはそのドレスをとても気に入っていたらしく、酷く残念がっていた。

そのドレスを用意しよう。

今回の婚約披露の場では、国賓などはそう招かないので、そこまで気を遣う必要もない。

記憶を頼りに、デザイン画を描き起こした。そもそもが十六歳のセラが着用する筈だったドレスなので、背中が大きく開いていたりしたのだが、六歳のセラにそのデザインは似合わなそうだ。その辺りは、幼年用のドレスのデザイナーなどと打ち合わせをし、修正した。

蔓薔薇の刺繍がたっぷり入った『王太子妃』用のドレスであるが、それでいいのだ。父にも「『本番』に着せてやったら良いのではないか？」と言われたのだが、その『本番』が訪れるかどうかすら定かでないのだから。

婚約披露の場で、私とセラでダンスを……という計画もあったのだが、私たちの体格差が大きすぎて『無し』になった。……とても残念だ。

セラは身体を動かす事が好きで、ダンスも好きなのだ。いつも、とても楽しそうな表情で、生き生きと踊るのだ。そして、そういうセラを見るのが、私は好きなのだ。

セラの好きな事と、私の好きな事の双方を叶えられるダンスなのだが、中止も已《や》む無しと納得の不格好さだった。……七つの年の差というのは、こういう所に支障がでるのか……。

何しろ、セラの身体が小さい。そもそもセラは、この国の標準的な女性より小さいのだ。同い年の六歳であった頃も確かに、セラは私より小さかった。

その標準より小さなセラと、七つ年上の私とでは、セラが私にぶら下がるような格好になってしまう。そうでなければ、私が老人のように腰を屈めた体勢となる。

講師も「微笑ましくはあるのですが、いささか不格好であると言わざるを得ないかと……」と苦笑していた。残念だ……。

「残念だけれど、『いつか』の楽しみにとっておこうか」とセラに言うと、セラは微笑んで「そうですね」と頷いてくれた。……その『いつか』が、来る事を願うばかりであるが。

そして、当日に会場で振る舞われる料理や菓子のメニューにも、軽く口を出させてもらった。記憶の中のセラが好んでいた食べ物から幾つかをピックアップし、それらを当日のメニューに混ぜてもらったのだ。それらはパーティー終了後、セラにゆっくりと食べていってもらおう。

当日に会場に飾られる花なども、セラが好きだと言ったもので纏めてもらった。

きっと退屈なパーティーになるのだ。せめてセラには、好きなものに囲まれて、少しでも気分良く一日を終えて欲しい。

……今の私が、『今の君』に贈れるものは、これで全てかな。少しでも喜んでくれると良いのだけれど。

――そして、婚約披露パーティーの後、料理の皿を目の前にしたセラの満面の笑みで、私まで嬉しくなってしまうのだった。

◆

『今』の私を形作るものは、過去の積み重ねである。それは誰しもがそうであろう。……ただ私の場合、その『過去』が他の人々と少々趣を異《こと》にするのだが。

その『今の私』を形作る為の、最も大きなパーツが、恐らくは『セラフィーナ』だ。今でも、『過去』の彼女の言動の一つ一つを鮮明に思い出せる。

……というか、どうやら私は、『これまでの全てのやり直しの記憶』を、何一つ欠かす事無く思い出せるらしい。

これは四歳の頃に気付いたものだ。

四歳のベッドに伏せっていたあの頃。幸せな『過去』の記憶に浸って、このまま死んでしまえば……などと考えていたあの時に気付いたのだ。

どうやら私の過去の経験全てが、私の頭の中にはきちんと残っていて、その気にさえなれば全ての会話すら暗唱できるらしい、と。

その『記憶』は、『抽斗《ひきだし》に片付けられた書類』に似ている。

普段は片付けられているので、思い出しもしない。けれど、「確かこういう事があったな……」と抽斗を漁り見つけると、その『書類』に書かれた内容を全て見る事が出来る。細かな会話や声の抑揚、その時に視界に入っていただけのカーテンの柄や空気の匂い、そんな意識しない部分までも詳細に。

ただ、思い出したくもない事というのも多分にあるので、私は普段はその『抽斗』には触れないようにしている。楽しく美しい出来事が書かれた書類だけなら良いのだが、真っ黒に塗り潰して燃やしてしまいたい書類も同量程度にはあるのだ。

必要が無い限り、これら『書類』には触れずにいよう。

そうは思っても、楽しかった過去は振り返りたい。それが人情というものだろう。

その『楽しかった過去』には、必ずセラが居てくれる。

今回セラと出会えるまでの七年間、私はその『セラとの思い出』を何度も振り返っては心の隙間を埋めようとしていた。……まあ、虚しい行為でしかない。

そういう事情もあり、私はセラが絡む事であれば、大抵の記憶を簡単に思い出す事が出来るようになっていた。……セラに言ったら引かれるのが確実であるので、セラには決してこんな事を話す気はないが。

セラと婚約を交わし、セラには『未来の王太子妃』として、幾らかの公務の随伴などが振られる事になっていた。

そんな仕事の一つとして、ある日、王都の中央付近にある養護院へと視察へ行った。

この『養護院』とは、孤児や、親元で育てるのが難しい子らなどを保護し、独り立ち出来る程度の能力を養ってもらう場だ。

以前からある施設なのだが、私の要望で少々やり方を変えてもらったのだ。

以前までは、子らを保護し『ある一定年齢まで養育する』だけの場であった。まあそれだけでも、そういう場があるとないとでは大違いであろうが。

けれどそれだけでなく、その集めた子らに『最低限の読み書きと計算』を教えてもらう事にした。他にも、『生きていく上で必要となるであろう知識』なども。

後者は特に「こういう事を教えろ」という指針はない。教育係が必要だろうと考えるもので良い、としてある。まだ運用の試験中なので、細かな部分はこれから……といったところだ。

この『教育を施す』というのは、私の経験から出た提案だ。やり直す度に思ってしまうのだ。

『もう少しでも、フィオリーナに学があったなら』……と。

いや『学』などと呼べるものでなくて良いのだ。基礎的な読み書きや計算、小さな村の外で通用している常識、そんなもので良いのだ。

もしも彼女にそれだけでもあったなら、結果は大分違っていたのでは……と。

そういった思いを後押ししてくれたのが、セラだ。

前回、私がそういう事を何の気なしに話したら、セラが「それはとても良い案だと思います」と喜んでくれたのだ。「『子供』はいずれ必ず『大人』になるのです。その時に彼らに何がしかの知恵や学があるならば、それは間違いなく国にとっての財産となります」と。

セラは「人は城、人は石垣、人は堀」と言っていた。どこかの国の偉人の言葉であるらしい。

全くその通りだ、と、前回は出来なかったが、今回は試験的に子らにそういった基礎的な事を教えているのだ。

その養護院へ、セラと共に視察へ行く機会があった。

特段、子供が好きという事は無いのだが、この子らがいずれ成長し、国を支える礎《いしずえ》となってくれるのであれば喜ばしい。それに、その為の『学ぶ機会』を与えた国を、王家を、簡単に捨てようなどと考えなくなるのであればそれは更に喜ばしい事だ。

そういう幾らか打算的な考えではあるが、子らを大切に思う気持ちは嘘ではない。一緒に遊んでやるくらい、どうという事は無い。

けれど、セラには何だか意外だったようだ。「子供、お好きなんですか？」と、さも意外そうに訊ねられてしまった。

前回、前々回も薄っすら感じていたのだが、セラは何か私に対して『何らかの固定観念』のようなものを持っていないだろうか。時折、『何か』または『誰か』と私を比べて驚いているように感じてしまう。「まさかこの人がこんな事を言うとは」というような。

……まあ恐らく、気のせいか何かだろうが。それとも、セラの中には常に『王子というのは斯《か》くあるもの』とでも言うような、明確なイメージでもあるのだろうか。

意外そうなセラに私は、「昔ね、言われたんだ。『子供は国にとっての財産だ』とね」と返した。

その私の言葉に、セラは「その通りですねぇ」と、うんうんと頷いていた。

それはそうだろうね。いつかの君が言った言葉なのだから。

そしてその後、セラに「何故自分を婚約者に選んだのか」と訊ねられた。

何故……と問われても、一言で簡潔に言い表すとするならば「セラを好きだから」でしかない。

とはいえ、それをそのまま言ったとして、到底納得など出来ないだろう。

顔を合わせた事すらなかった、しかも七つも年下の少女を「好き」だなど言っても、「何を言っているのか」と思われるのがおちだ。

けれど、『何故セラを好きなのか』を語るには、私の『これまで』を語る必要がある。それを抜きにして、話に説得力を持たせる事は可能だろうか。……私には不可能そうだ。

それより何より、いずれセラにはきちんと、私の『これまで』の話をしようかとは思っていた。君の目の前に居るのは、麗しい皮を被っただけの醜怪《しゅうかい》な化け物なのだ、という話を。そういう『本当の事』を、セラには知っておいて欲しいと。……まあ、自己満足でしかないが。

聞かされたセラが、それをどう思うかは分からない。けれど、前向きな感想は出てこないのではないだろうか。

なので私は、「いつか必ず話すから、もう少し、待ってもらえないだろうか」と、セラに時間を貰う事にした。

……もう少しだけ、こうして君の側で、君を守らせて欲しい。

君の身にもう何も危険がなさそうであれば、その時はきちんと手を放してあげるから。

だから、もう少しだけ……。

私が十七の年に、四歳時に書き溜めた例の『シュターデンと簒奪派リスト』に挙げていた全員の捕縛が完了した。

……そこから芋蔓式に、リストに載せていなかった貴族や犯罪者なども浮上してきて、何だか界隈がすっきりしてしまった。良かったのだが、不正が思った以上に横行しすぎていて、父や宰相は今度はそれに頭を抱える事になっていたようだ。

芋蔓式に次々と投獄される者が増えていくので、各地の牢獄が定員目いっぱいである。司法長官がやけくそ気味に「満員御礼とでも書いて掲げますか！」と笑っていた。……疲れているのだな……。甘いものでも差し入れてやらねば……。

簒奪派の中核を担っていた連中と、シュターデン伯爵家とその縁者は、全員極刑となった。当然だ。あの連中だけは、何度やり直そうと許す気はない。

シュターデンの故国でも、例の宗教コミュニティに解散命令が出たし、その後こちらの国に流れてきた残党も全員捕らえた。当然、前々回セラを殺すように命じた男もだ。

そして連中が接触しそうな暗殺者や盗人の類も、一斉に摘発した。

現在この国は「治安が良すぎて居辛い」と犯罪者の間で評判だそうで、この大捕り物から逃れる事の出来た犯罪者は、一斉に国外へ逃げ出しているらしい。良い事だ。……まあどうせ、捕り物の網にかからなかった連中というのは、コソ泥やスリなどの小物ばかりなので、居ても居なくても大差などない連中だ。そして居ないなら居ないに越した事のない連中でもある。

シュターデン一派がきちんと処刑されたのを見届け、私の中で一区切りがついた。

連中のやろうとしていた事が『信条に基づいた国家転覆』という大それたものであったので、その調書の枚数は膨大なものとなった。繰り返させてはならない、という、関係者一同の強い思いもあったのだろう。

関連する書類は全て一つに纏め、書棚に片付けておいた。

その調書を、セラがある日「見せていただけませんか？」と言ってきた。……十歳の少女が興味を持つような情報は、何一つ書かれていないのだが……。

ああ、でもセラだからな。毎度の事なのだが、セラは年齢以上に聡明なのだ。『化け物の更生係』に名前を挙げられるのも納得である。

一応、何故見たいのかを訊ねてみた。すると「教育の過程で、シュターデン伯爵家という家に関する騒動を聞きかじりまして。興味……というと言葉が悪いですが、知っておきたいと思ったのです」と返された。

成程、納得だ。

セラならば『国家転覆を企て、事が露見し処刑された家』などと聞いたら、興味を持つに決まっている。

事が事であるだけに、詳細な資料などは閲覧にかなりの人数の許可が必要となる。けれど私に言えば、私が「いいよ」とさえ言えば見せてもらえる……という判断かな。それもまたセラらしい。

セラに関連の資料を渡すと、彼女は私の執務室にあるソファに座り、それを捲り始めた。……流石に、持ち出しは許可が出来ないので、ここで見ていってもらうしかないのだ。

資料には、連中が処刑される直前に吐き散らした呪詛のような言葉も記録されている。眉を顰《ひそ》める者が多かったが、私にしてみればそれらはただの妄言か、それ以下の寝言のようなものでしかなかった。

シュターデン伯爵の父親は「石の嘆きが聞こえるぞ！」などと喚いていたが、あの石が何を嘆くものか。あの『人の生き死に』すら超越したような石が、千年以上の時を『不当な所有者』の元で過ごす訳がない。そして恐らく、その程度で嘆いたりなどしない。嘆くどころか、不遜な命令形でしか話さぬではないか。

そんな事を考えていたのだが、ふと見ると、ソファで資料を捲るセラの表情が、何とも言えない複雑そうなものとなっているのに気付いた。

やはり少女には、あの調書は気分の良いものではないだろう。

「余り、気分の良いものではないだろう？　無理に見る必要などないよ」

そう声を掛けると、セラが資料から目を上げ、こちらを見た。……うん、『気分が悪い』という訳ではなさそうだな。けろりとしている。……本当に君は、どうしてそう強いのか……。

虫を嫌う、という少女らしい面もあるが、彼女が虫を嫌う理由は「意思の疎通が不可能そうだからです」だ。……では、意思が疎通出来たら良いのだろうか。そう思って訊ねた事がある。そうしたら返事は「意思の疎通が可能であれば、穏便にお引き取り願えるので、共存していきたいと思えるでしょうね」だった。

虫と意思の疎通を試みようとする少女が、どれくらい居るだろうか……。

けれどセラが幾ら風変わりでも、強くとも、あの調書にある連中によって殺されてしまった。

「そういった物騒な話からは、君を遠ざけておきたい気持ちはあるんだが……」

遠ざけるどころか、一切関わらないで欲しい。本音を言えば、そうなのだが……。

「避けて通って、知らずに巻き込まれる方が恐ろしいかと。知った上で、回避する方法を講じる方が、何かと安全なのでは？」

私を真っ直ぐに見て、淀みのない口調で。

その言葉に、私は頭を殴られたような気持ちになった。

そうか。セラにも、『全ての危険の可能性』を知らせ、警戒してもらえば良いのか、と。

「聞かされない方が恐ろしいので。秘匿すべき事項は伏せていただいて構いませんが、出来るだけ風通し良くお話しいただきたいかと思っております」

彼女がこういう風にきっぱりはっきりと言い切る時は、そこに関しての覚悟が決まっている時だ。

「頼もしいな。……本当に、君で良かった」

ミステリという文学ジャンルを好んでいて、『不思議な現象』が好きで、大人びた考え方も出来るのに年相応の柔軟性もあって。

きっとセラなら、私の繰り返してきた『やり直し』の話も聞いてくれるだろう。

そしてそれを元にして、自衛の手段を講じてくれるだろう。

本当に、そんな君で良かった。

そして何度目かの、『私の十八歳の生誕祝賀の日』がやってきた。

セラの『死の条件』の一つである日だ。今日を無事に超えられたならば、『セラの死』からは一歩遠ざかる事が出来る筈だ。

前々回セラを殺した主犯は処刑済みだ。実行犯も同じく、処刑された。実行犯である暗殺者たちは、余罪が多すぎたのだ。到底野放しになど出来ないし、牢に繋いで置いておくのも厄介だった。連中であれば、脱獄くらいしでかしそうであったからだ。

そして前回セラを殺したローランドは、現在は私の側近として友人たちとも上手くやっている。

この『ローランド・カムデン』という青年にも、少々驚かされた。

前回・前々回と、私は彼と直接的な接点はない。なので、正確にどのような人物であったかは分からない。けれど今回に限って言うならば、『セラをそのまま男性にしたような人物』であった。

これは公爵令嬢もそう言っていた。

髪や目の色、顔立ちなどは、兄妹なので似通っていて当然でもあるのだが。それ以外にも、言動や発想などがセラに似た部分があるのだ。

私は以前カムデン侯爵に、セラとローランドの兄妹仲について訊ねた事がある。それに侯爵は

「特別に仲が良いという事はないような気もしますが、別に不仲ではありませんね」と答えていた。

歳が離れているので、喧嘩にもならない、という話だった。

ただ、前回までのセラとローランドも、喧嘩などはした事が無かったのではなかろうか。セラから、姉弟仲が悪いなどというような話を聞いた事がない。

……というかそもそも、セラからローランドの話を聞いた事が殆ど無い。そんな事に、今更気が付いた。

そうか。

セラの『興味』というのは、常に外側に向いている。『友人』であったり、『自然』であったり、広大な『世界』であったり。なので自分にとって『内側』である家族への興味・関心というのが、薄いのかもしれない。

それを『今回』のセラに訊ねてみた。丁度、彼女が城の庭にある『雨が降ると色が変わる花』に興味を示していたからだ。やはり彼女が興味を持つのは『不思議な現象』だとか、『見た事もない世界』だとかであった。

「では逆に、身近なものなんかはどうなのだろう？　例えば、家族だとか……」

そう訊ねると、セラは難しそうな顔をして暫く考えた後、軽く首を傾げて苦笑した。

「愛情は抱いておりますけれど、『興味』や『関心』という分野からは外れるのでは、と……。けれどそれは、大抵の人がそうなのではないでしょうか？」

確かにそうか。

それに考えてみたら、『異性のきょうだいに強い興味・関心を持つ』というのは、何だか少々気色が悪い。

今のセラがローランドを兄として愛しているのであれば、前回までのセラも同様であったのだろう。兄と弟という立場の違いはあれど、愛する気持ちに大差はない筈だ。

では、ローランドの方はどうであったのだろうか。……まあ、今更、答えを得る事の出来ぬ問いではあるのだが。

しかし前回の出来事を繰り返さぬ為にも、ローランドにはしっかりと自信をつけてもらい、セラに対する見当はずれの劣等感などを持たせぬようにしなければならない。

そういう思いからの、ローランドの側近への登用であったのだが。

私が想像していた以上に、この『ローランド・カムデン』という青年は優秀であった。

何しろ、私の友人たちに交ざっても、一歩も引けを取らないだけの知識や発想力がある。それどころか、友人たちが「ローランドは面白い」と一目置いてすら居る。

「……何だか、本来ならばセラが居た位置に、そのままローランドが収まったような印象ですわね」

公爵令嬢がぽつりと零した言葉に、私もそのまま同意する思いだった。

そしてローランドは事ある毎に、家でのセラの様子を『楽し気に』話してくれるのだ。そこには間違いようのないくらいにはっきりと、妹への愛情が見て取れる。そして『からかわれて嫌そうな反応をする年の離れた妹』の話を、とても楽し気に微笑まし気に語ってくれる。

という事は……。

前回以前のローランドは、セラと同等程度の能力を有しながら、姉であるセラが目立っていたが故に、その陰に隠れるしかなかったのだろうか。そして、セラが『姉』であった為、今回ほど気安く接する事も出来ず、互いに家族として愛情を抱いていたにも関わらず、それに気付く事も出来ずあのような事態になったのだろうか。

それは、何と悲しい話であろうか。

けれど今回は、セラがローランドよりも五つも年下だ。それだけ年が離れているからこそ、セラがどれ程優秀であっても、ローランドの地位を脅かす存在とは成り得ない。そしてローランドも、『兄』という優位性のある立場で、余裕をもってセラと接する事が出来ている。

『今回』、セラが私たちより大分年が下であるという事は、そういう効果もあるのだな。……という事はやはり、今回のセラの年齢は、あの石の仕業か。……そんな事が可能なのかは分からないが。

とにかく、『今回』のローランドは大丈夫だ。彼がセラに凶刃を向けるような事態にはならないだろう。……つい先日も、城の中庭で捕ってきたと、小さな袋に何匹ものバッタを閉じ込めて笑っていたし。ローランド曰く、それをセラの部屋の片隅にそっと放置しておくと面白いのだそうだ。

……これは逆に、ローランドがセラに刃物を向けられるような事になったりはしないのだろうか……。

不安要素は排除した筈ではあるが、どうしても安心しきれるものではない。『もう大丈夫』などと高を括って痛い目に遭うのは、もうご免なのだ。

当日の警備の騎士たちにも、厳重な警戒をお願いし、侍女や侍従たちにも「不審な人物や事物を見つけたならば、速やかに報告を」と言い渡した。――そう、例えば『中庭にドレスの女性が佇んでいる』などのような。

……本当に、あの一回目のフィオリーナは、どう考えても不審人物であるというのに……。名を問う事すらせず放免するなど、恐らくシュターデンも驚いたのではないだろうか。

けれど今回は、中庭へ辿り着ける者はないだろう。というかそもそも、あんな城の深部へまで入り込もうとする者自体がないだろう。

大丈夫ではあるだろうが、気を抜かずにいかねばならない。

そう自分に言い聞かせながら、私はセラの待つ控え室へと向かった。

控え室で待っていたセラの手を取り、会場へと入る。初めてセラをパーティーに伴った時と同様に、通常のエスコートの体勢ではなく、しっかりと手を繋いでだ。

あの頃と違い、今のセラならば通常のエスコートの体勢も不可能ではない。あの頃はセラが小さすぎて、エスコートの体勢がまるで『大人の腕にぶら下がって遊んでもらう子供』のようになっていたのだが。

今の私とセラにも身長差はあるのだが、まあ常識の範囲内だ。そもそもセラは、長じたとしても『この国の平均的な女性の身長より小柄』なのだ。セラは「数年後には、憧れのストウ公爵夫人のように、スラっと長身の麗しいレディになってみせます」と言っていたが……。

もう二年もしたら君の身長は止まってしまうのだと、教えた方がいいのだろうか……。公爵令嬢は「セラは数年後、残酷な現実を知る事になりますわね……」と笑っていたが。

そんなセラと、しっかりと手を繋ぐ。その手を、セラが何か言いたげにちらりと見ているのを知っているが、私は放すつもりはないので無視しておく。

会が始まってしまっては、セラだけを注視している訳にはいかないのだ。その私にとってこの手は、命綱のようなものだ。

繋いだ手が温かい内は、セラはまだ生きてそこに居る。

それを確認していないと、恐ろしくて仕方がないのだ。

セラには申し訳ないけれど、今日はこうして手を繋いでいる事を許して欲しい。……きっと次の夜会からは、通常のエスコートの体勢にするから。

今日だけは、どうか。

前半の硬い会が終わり、残るは後半だ。事態は毎回、ここから動く。

私は何度も、会場を見回していた。知らぬ顔があったりしないか。不審な動きをする者がないか。

ローランドはきちんと会場に居るか。居る筈がないが、フィオリーナが紛れ込んでいたりはしないか。

思い返してみると、前回と前々回、ローランドはこの場に居なかったのだ。前回などは、姉が私の妃となっていたにも関わらず、だ。

けれど実際は、ローランドはこの広間には居らずとも城の何処かには居て、セラに刃を向ける機会を窺っていたのだ。

今回は、ローランドは普通に会場に居る。そして、友人たちと楽し気に談笑している。

フィオリーナは当然居ない。隠密からの日記――もとい報告書によれば、『殿下の成人の祝賀の日には、我が家で一番丸々と肥えた鶏を使って、妻とフィオリーナとでご馳走を作る予定です』との事だった。……だから、それを私に報告する意味は何だ？　鶏でも羊でも、勝手に食ってくれ。

そういう訳なので、フィオリーナは今頃、家族全員で楽しく食卓を囲んでいるのだろう。

けれどももしかしたら。

ローランドとフィオリーナ以外にも、この国に、そしてセラに害を為そうという者が存在するかもしれない。そしてそういう連中は恐らく、『今日、この日』から動き始める。

前回も前々回も、ここで気を抜いて失敗したのだ。

もうあんな思いはしたくない。

今度こそ、『明日』を平穏に迎えられるように。

セラにきちんと『明日』が訪れるように。


すっかり夜も更け、セラが眠そうに目を瞬《しばたた》かせている。相当に疲れているようだが、それもそうだ。

来客たちと違い、準備からある私たちにとっては、一日がかりの大仕事なのだ。

前半から頑張って『つやつやの猫ちゃん』を被っていたセラも、今では落ちてきそうになる瞼と必死に格闘している。

そろそろセラを帰してやる時間だ。

「今日は疲れただろう？　帰ってゆっくりと休むと良いよ」

眠気を覚まそうとしているのか、ぱちぱちと何度も瞬《まばた》きをするセラに告げ、控えていた者にセラの退出をお願いする。

ああ……、この手を放さなければ。

未だ繋がれている手は、セラが眠くなっているおかげもあり、いつもより温かい。

どうかこの手の温もりが、明日以降もそこにきちんとあるように。

祈る気持ちで、退出するセラを見送った。

……前回はこの数分後、恐ろしい報せを受ける事となったのだが。その凶報の原因でもあるローランドは、今は公爵令息と談笑しながらグラスを傾けている。

唯一『やり直し』の事情を知る公爵令嬢だけが、出ていくセラを不安げに見送っていた。

不安で殆ど眠れぬまま朝を迎え、落ち着かない気持ちのまま午前中を過ごした。

そして昼過ぎに顔を出したローランドから、セラの様子に変わりがない事を聞き、漸く安堵するのだった。


これで一つの山は越えた。

次に警戒すべきは、『セラが十七歳である一年間』となる。

十七歳となれば恐らく、己に降りかかる危険は己で払えるだろう。『知った上で、回避する方法を講じる方が、何かと安全なのでは』と言えるセラなのだから、余計に。

一つの大きな山を越えたのだ。そろそろ、セラに全てを話して解放してやる頃合いなのだろう。

いつ話そうか。どのように話そうか。

そんな事をうだうだと考え、『別に正直に話さずとも、セラはそこに居るのだから私が守れば良いだけなのでは？』などという自分に都合の良い誘惑と戦い――。

結果、『出来る限り起こった出来事を忠実に話す』事に決めた。

話す日は、一回目の時にセラが化け物に決別を告げた日にしよう。

あの時のセラは恐らく、家の判断ではなく、己の判断で国を出る事に決めたのだ。そのように、『自分の身の振り方は自分で決める』事が出来ていた。

ならば、今回のセラも同様に、その頃には判断を自身で下せる筈だ。

全てを話そう。

そして、セラがどのような判断を下すのか、ただそれを待とう。

そのように決め、私は呼び出したセラに、とても長くて荒唐無稽なつまらない話を始めるのだった……。

6．君の出した、とても優しい答え。

クリス様のお話は、ご本人が『長い』と仰っていた通りガチで長くて、日没サスペンデッドとなった。

サスペンデッドなので、続きは後日、となったのだ。

余談だが『日没サスペンデッド』とは、野球なんかで暗くなって球が見えなくなった場合、試合をそこで一旦中断して後日再開または再試合する……というものだ。まあ最近、あんまり聞かないけど。ちっちゃい市民球場とかでも、ナイター設備ある場所の方が多いだろうからね。野球以外だとゴルフではまだあるね。

そして後日、クリス様に呼び出されてお城へ行くと、クリス様の他にマローン公爵令嬢フェリシア様がそこにいらした。

お？　今日はこないだの続きじゃないのか？　と思ったら、ガッツリ続きだった。

フェリシア様、まさかの『巻き込まれ型タイムリープ』な方だった。

……ちょっと「いいなぁ」とか思ってしまった。ご本人たちからしたら『いい事』なんて特にならなさそうだから、間違っても口には出来ないけど。でもちょっと、羨ましい……。

いや、言うても私の『前世の記憶がある』ってのも、相当に不思議現象だけどもね！　何の役にも立ってないけどね！

……役に立ってねぇよなぁ……前世の記憶。フツーこういうのって、それを駆使してフラグ回避！　とか、そういう展開になりそうなのに……。

その展開、全部クリス様が持ってっちゃってるからなぁ……。

しかももう乙ゲー展開も終わっちゃってるから、なけなしの乙ゲー知識も役に立たねぇよ……。

知識チートできる程の『知識』もないし……。切ねぇわ……。

フェリシア様も交えて、『今回』のお話を聞いた。それもやっぱり、相当に長い話だった。

ただ、フェリシア様が『セラ』を語る時の表情が優しくて、「セラってすげー愛されキャラなんじゃね!?」と思った。……まあ、『今の私』じゃないんだけどね。

そして『今回』は、クリス様がこれまで繰り返されてきた『やり直し』の中でもかなり穏やかで、クリス様のお話もフェリシア様のお話も、「あの裏側ではこんな事が!?」と楽しく聞く事が出来た。

「そうそう……、わたくし、セラにお土産がありましたのよ」

思い出した、という風に、フェリシア様が仰った。

お土産とは？　どっか行ってきたんすか？

フェリシア様が目配せすると、マローン公爵家の侍女さんが小さなバスケットを持ってやって来た。

「『前回』セラが好んで食べていたものなのだけれど……、貴女のお口には合うのかしら？」

言いつつ、フェリシア様は受け取ったバスケットを膝に乗せ、そこから何か取り出した。

……デニッシュ？　かな？　それに何か挟まってる？　デニッシュサンドなんて、八割美味しいヤツじゃないすか。残り二割は、中身が「あぁ～……」ていう味だった場合ね。

「殿下に聞いたかもしれませんけど、『前回』わたくしとセラは、異国へ留学へ行っていましたの」

「はい、聞きました」

フェリシア様は「うふふ」と笑うと、何かが挟まったデニッシュを薄紙に包んで渡してくれた。

意外と重量があるな……。中身が見えないんだけど、何挟まってんだろ？

「そちらの国にある豆を、セラは大量の砂糖で煮込んで食べていましたの。……甘い豆料理なんて、わたくしは余り美味しいとは思わないのですけれど、セラは『これよ！』とすごく喜んでいて……。それを思い出して、豆を取り寄せて作ってみましたのよ」

豆を……、大量の砂糖で……。それはもしかしなくても、もしかしますな⁉

フェリシア様が「どうぞ、召し上がってみてくださいな」と仰って下さったので、遠慮なくがぶっといかせていただいた。

うおぉぉ……。これは……、これは良いものだ……！

「これですよ！　これ！」

「……だから、どれよ？」

フェリシア様が呆れたように言う。……フェリシア様、ホントはそういう言葉遣いなんですね？　しっかり聞きましたよ。

思わず薄く切られて二枚重ねられているデニッシュを、ぺろっと広げて中身を見てしまった。

ステキ……！　ふっくら炊かれた小豆ちゃんが、つやつやしてらっしゃるわ！　マローン公爵家の料理人、やるな！　しかもデニッシュにはバターが塗られている。粒あんバターサンドだ！　そして何か高級なお味！　……ホントはマーガリンの方が安っぽくて好みなのだが、貴族に貧乏舌は似合わない。……つぶマガ、食いてぇなぁ……。

えー！　私、知識チートやってんじゃん！　しかも料理系とか、女子力高くない!?

……あ、でも、フェリシア様「あんまり好きじゃない」って言ってたな……。やっぱあんこは好き嫌いあるか……。日本人でも好きじゃない人居るしな。しゅーん……。粒あん&ホイップとかにしたら、フェリシア様もイケるか!?　今度やってみよう。

そんな事を考えながらも、もっしゃもっしゃとあんバタサンドを食べていると、フェリシア様が溜息をついた。

う……、がっつき過ぎたかな……。叱られちゃうかな……。ドキドキ……。

ちょっとビクビクしていると、フェリシア様が細い綺麗な指で私の口元をすっと拭ってくれた。

「もう。そんな大きな口を開けて食べるものではないわよ。貴女、いずれ王妃になるのよ？」

「おかん……」

ごめんね、おかん。今度から気を付ける。

「誰がおかんよ」

おう、声が低い！

流石に失礼だったかな……とちらりと見ると、フェリシア様は声とは裏腹に何だか嬉しそうだ。

とりあえず、『おかん』て呼んでも大丈夫なのかな？　大丈夫そうだな。良かった。

もっしゃもっしゃとあんバタサンドを食べる私を、クリス様がにこにこしてご覧になっている……。……視線が気になりますよ、クリス様……。そんな微笑ましいものを見る目で見ないでください よ……。

もっしゃもっしゃと食べ終え、フェリシア様にお礼を言うと、フェリシア様は「残りもどうぞ」とバスケットごと渡してくれた。

ありがてぇ……！　このご恩は、必ずお返しします！

バスケットをしっかり膝の上に抱えて、私はにこにこしてらっしゃるクリス様を見た。

フェリシア様のお話の中で、すんごく気になった点があったからだ。

「クリス様、ちょっとお聞きしたいんですが……」

「うん？　何かな？」

こてんと小首を傾げるクリス様。……いつ見てもあざと可愛い。

「先程のお話の中にありましたけれど……、過去の『やり直し』を細部まで全て思い出せる、というのは……」

「『今回』に限った話なのだけれどね。本当だよ」

うわぁ……。

黒歴史とか、寝る直前に思い出して「ぬおぉぉぉ……!!」てベッドの上を枕抱いて転げまわるものなのに、寝る前どころかいつでも思い出せるなんて……。それ、なんて拷問？

容赦ねぇよ、精霊の石……。

クリス様の過去のお話、やけに細部まで覚えてらっしゃるな……とか思ってたんだよね。SNSでよく突っ込まれる『会話とかよく覚えてんね笑』的な。

SNSの場合『作り話だから細かい』んだけど、クリス様の場合、『本当に覚えている』だけとか……。凄すぎて言葉もないわ。

「今までの『やり直し』で得た情報を、いつでも思い出せるように……とかなんですかね……？」

良い方に解釈するなら、そういう事なのかもしれない。

クリス様は苦笑すると、「かもしれない」と頷かれた。

「己の愚かさを忘れぬように……という戒めかもしれないけれど。どういう意図があっての事かまでは、私には分からないね」

両方……なのかなぁ？

石の意思（笑）が深慮遠謀すぎて、短慮軽率な人間如きにははかれないっすわ。

「でもまあ、助かっている部分が多いかな。過去にシュターデンについて調べた細かな事柄なんかも、思い出せる訳だし」

「それはそうですね」

そうなんだけど、どうなの……？

「意識して見ていた、聞いていた以外の事柄なんかも覚えている……んですよね？」

うん、と頷いたクリス様に、私は聞いてみた。

「じゃあ、クリス様が初めて会った時の、フィオリーナ嬢の服装や髪型、アクセサリーなんかは？」

「服装、は……、淡いバラ色のドレスだね。プリンセスラインのふんわりとしたデザインで、今思えば相当に手の込んだ金のかかった品物だったから、シュターデンの気合いの入れようが窺えるな。髪はサイドを編み込んで、細かな細工の髪飾りで留めていた。髪飾りの石はシトリンかな？　彼女の髪色に似た、黄色い石だ。デコルテには真珠とピンク色の石のチョーカー。石は何だろう？　トルマリンかスピネルだろうか。透明な石だ」

つらつらと、まるで目の前に彼女が居るかのように語るクリス様に、私はちょっと「ひぇ……」と思ってしまった。

きっとそういう何とも言えない顔をしていたのだろう。クリス様が「セラ？　どうかした？」と訊ねてきた。

「いえ、あの……、ちょっと……、クリス様の前で、迂闊《うかつ》な格好はできないな、と……」

激烈手抜きファッションとか、そういうのも覚えてらっしゃる訳でしょ⁉　ちょっと寝癖が直らなかった髪とか！　怖い！　怖いよ‼

「セラ……」

怯えている私の肩に、隣に座っていたフェリシア様がぽむと手を置いた。

フェリシア様の方を見ると、彼女は「うふふ……」と何とも言えない笑顔をしてらした。……何すか？

「大丈夫よ。貴女は七割方、迂闊な格好しかしてないから」

「大丈夫とは⁉」

大丈夫の意味、分かんないんすけど！　何が大丈夫なんすか⁉　ねえ、フェリシア様！

ウフフ……と笑うフェリシア様を愕然として見つめていると、向かいに座るクリス様も「大丈夫だよ」と笑いながら仰った。……どうせまた、何も大丈夫じゃないお話でしょ？

「そういった『細部まで記憶している』のは前回以前までの話で、『今回』に限って言えば、普通に記憶は薄れるし忘れたりもするんだ」

「あ……、そうなのですか……？」

「うん。だから余計、どういう仕組みなのかがさっぱり分からないのだけれど」

確かに、そうっすね。

でもまあ、クリス様の場合、『これまで』に学習の大半を修めてらっしゃるし、シュターデン関連の事なんかはそれこそ『これまで』の積み重ねが物を言う部分だろうし。

『今回』が普通に忘れたりする……ってのは、生きていくうえで都合がいいんじゃないかな。……クリス様の地雷原が、これ以上悲惨な事にならない為にも。


一通りお話をして、フェリシア様は「またお話ししましょうね」と言い残し帰って行かれた。

「クリス様……」

「うん？」

あ、やっぱクセなんすね、その小首傾げるの。いいなぁ。私もそういう、あざと可愛いクセ欲しいなぁ。

「後はもう、危険なんかはないんですよね……？」

シュターデン一派は全員捕らえられている。私に関して言えば、フェリシア様の語られた『異国の洞窟遺跡での落盤事故』は、そんな所に行く予定がないから大丈夫だ。クリス様の『やり直し』で私が殺された一回目は、シュターデン絡みだから、それも大丈夫。二回目の弟（現・兄）は良く分からんが、兄に私を殺すような動機は今のところないだろう。先週、兄の分のおやつをむしゃむしゃしてしまって、アホ程怒られたりしたが、そんなもんで殺人はないだろう。あったら笑う。いや、笑い事じゃないが。

「私の知る限りの関係者は、全員処分したけれど……。……まあ恐らく、セラに関して言えば、大丈夫だと思うよ」

「では、クリス様に関しては……？」

「分からない、というのが正確なところかな。何しろ私の場合は、最初の『餓死』以外、毎度殺しに来る相手も違えば、日時なんかも違うからね」

うわぁ……、そっか……。

「毎度同じであるのは、『二十五歳の一年間の内』……という事ですか」

「そう。今回はもう『餓死』はなさそうだから、それ以外の何かだけれど……。ない、と言い切るには、まだちょっと早いかなと」

けれど、それでも。

「石は、『これで最後』と言ったんですよね？」

「言っていたね。どういう意味かは分からないけれど」

「『誰かの願い』を叶えるために、クリス様を何度も『やり直し』させていたのだとしたら、『今回』でその誰かの願いは叶う……という事なのではないでしょうか」

「そうかもね」

「その『誰かの願い』は、『陛下の願い』なのではないでしょうか……？」

クリス様の健康と幸福を願った、優しいお父上の。

「……だと、いいね」

目を伏せるように微笑んだクリス様に、私は「きっと、そうですよ」と言い募った。

だってさー……、いい加減もうホントに、クリス様も幸せになっていいんじゃないかと思うし。

デスループ繰り返し過ぎて、色んなとこボロボロになってらっしゃるし。

擦り切れて、疲れ果てて、もう座り込もうとしたところを、石にケツ叩かれて『やり直し』させられて……って。私だったら、石が何言おうが、もう全部ぶん投げる自信あるわ。どーせまたやり直させられるんだから、もう好きにやるわ！　てなりそうなもんなのにさ。

今もこうしてちゃんと、何一つ投げ出す事なく『立派な王太子殿下』でいらっしゃるし。

この人が幸せにならないんなら、『精霊の石』も大した事ねぇな！　とか思うよ。

「でもね、セラ」

呼びかけられてクリス様を見ると、とても穏やかな顔で微笑んでいらした。

「私は今、充分に幸福なんだよ」

「そう、なんですか……？」

この人、『過去』がアレ過ぎて、ちょっとした事で幸せ感じられるようになっちゃってるからなぁ……。省エネでエコな感じはするけど、そうじゃないんだよなぁ……。

「国内の情勢は安定しているし、『簒奪派』となる連中も信頼できる者たちが目を光らせているから大人しい。シュターデン一派は捕らえられたし、本国の方のコミュニティも解散された。こちらに流れてきた連中を捕らえるついでに、国内に巣食っていた犯罪組織も多数摘発できた。おかげで治安が向上した」

そう。シュターデンの残党の整理ついでの一斉摘発は、それはまあ見物だった。

ケチな窃盗集団から、大掛かりな人身売買組織まで、網に引っかかった連中は根こそぎ摘発され、牢へぶち込まれた。おかげで今、牢獄がパンパンだ。司法官たちも毎日大忙しだ。

でもこれって、『国にとって良かった事』で、『クリス様個人にとって良かった事』じゃなくない？

そう思っていると、クリス様はまた視線を伏せるように微笑んだ。

「それに、今回も良い友人に恵まれたし、家族との関係も良好だ」

それは素直に良い事ですね。

「そして何より……」

クリス様は軽く言葉を切ると、伏せていた視線を上げ、真っ直ぐにこちらを見て微笑んだ。

いつものあの、少し眩しそうに目を細める笑顔だ。

「君が生きていて、私の目の前に居る」

だからですね……、そんなもんを『何よりの幸福』に据えないでくださいよ！　これからもしかしたら、もっとすんごい『いい事』とかあるかもしんないんですから！

「クリス様は、これらの話を聞いて、私がクリス様を見限ると思われたのですか……？」

何か確か、そんなような事を言っていた。

訊ねた私に、クリス様はまた視線を伏せた。

「かつての私は、余りに自己中心的で、擁護のしようもない愚か者だ。今、様々なものを取り繕ってこうして君の前に居るけれど、『かつての愚かな私』が居た事は事実だ。それを君がどのように感じるのかは、私には分からない」

『取り繕って』とクリス様は仰るが、貴方の経験はそんな簡単なものではないでしょうに……。そして『かつて愚かであった』事が糾弾されるべきというのであれば、大抵の人間にその科《とが》はあるのではなかろうか。それらをきちんと省み、今誰からも後ろ指などさされる事ない人物となった人に、私如きが一体何を言えるというのか。

「君は何の疑問もなく私の話を信じてくれたけれど……、余りに常軌を逸した事態であるので、私がおかしくなったと思われるのも仕方ないかと覚悟していた」

ああ……、はい。それは確かにそうですね。

まあでも、それに関しては前世の知識様様だわなぁ。タイムリープ物とかの創作、溢れまくってて珍しくもないし。もし日本に居て、友達がいきなりそういう話を始めてきたとしても、とりあえず最後までは聞くだろうしね。……まあ「お？　遅れてきた中二病か？」とは思うだろうけど。

それにこの世界にはまだ、『時間を操る』という概念の物語がない。『時』とは不可逆なものであり、『遡行《そこう》する』という発想をした者は居ない。なのでクリス様のお話が創作なのだとしたら、文学史に名を残せるレベルの作家になれるだろう。

「見限られるかもしれない……と思われながらも、私にお話ししてくださったのは、何故ですか？」

「君が『危険をそれと知らされない方が恐ろしい』と言ったからだね。……それを聞いて、『ああ、前回もそうすれば良かったのか』と思ったんだ。私だけが警戒するのではなく、君にも知らせて注意していてもらえば、あるいは……と」

確かに、知っていたなら、防げずとも時間くらいは稼げたかもしれない。……でもまさか過ぎる身内の犯行だから、知ってても手の打ちようはなさそうだけど。

「そうして何度も間違えて、君を失って……、今またこうして、君の前に居る。もしも私がまた何かを間違えたら、……また、君に何か起こるかもしれない……」

クリス様は顔が見えなくなるくらい、深く深く項垂れてしまった。

でもなあ……。私、思うんだけども……。

「人生において、何一つ間違う事のない人間など、居ないのではないでしょうか」

「俺の人生に間違いなんてない！　俺は全部正しい！」なんて言い切れるの、一回目のクリス様くらいお花畑な人か、詐欺師か、極悪人だけだと思うんだよね。

「極個人的な持論なのですが……、優しい人ほど、過去を悔やむのではないでしょうか。そして、臆病な人ほど、過去を嘆く」

俯いたままのクリス様が、ふっと小さく笑われた。

「私は……後者だろうな」

「いいえ」

絶対に違う。

「クリス様は、過去を嘆き、悔やみ、……そしてそれらをきちんと省み、自らの足で乗り越えてこられた、とても強い人です」

……黒歴史と正面から向き合うだけでも、相当の強メンタルだと思うし、マジで。

そこから一つずつ、『何が悪かったのか』『どうしたら良かったのか』を自分で考えて、見つけて、全部自分自身の力で乗り越えてきた。

これを『強い』と言わずして何と言うのか。

「そうして身に付けてきた様々な力を他者の為に揮《ふる》える、とても優しい人です」

最初こそ、自分自身の為だったのだろう。何せ、スタート地点はあの俺様花畑だ。

けれど直近の数回の『やり直し』は、自分の為ではない。シュターデンを捕らえるのは国の為だし、セラフィーナを死なせない為だ。……『やり直し』の目的が途中から変わってたの、きっとご自分でも気付いてらっしゃるでしょうに。

「そして、また間違えてしまうかもしれないと恐れながらも、それでも歩みを止めない、勇気ある人です」

絶望デッドエンドがある事を知っていて尚、それでも今度こそ……と足掻こうとする。動かなくては変わらないと分かっていても、きっと普通は躊躇する。足が竦んでもおかしくない。

けれどクリス様は、足掻く事をやめない。

そんなのもう、『カッコいい』しか感想ないよ。

「そういうクリス様を、私は心から尊敬しますし、カッコいいと思いますし、……好き《ちゅき》、ですよ」

……しまった。最後の最後で照れが出た……。よりによっての『好き』をガッツリ噛んだ……。

いいシーンなのになぁ！　決めろよ、私ィ！　何だよ「ちゅき」って！

ぐぬぅ……！　と、一瞬前の過去を嘆く私に、クリス様が俯けていたお顔を上げた。

……笑うなら笑ってくだされ……。ええシーンで噛む阿呆でございますよ……。

しかしクリス様は笑っていなかった。人の失敗を笑わない。素晴らしい人間性でございますよ、クリス様！

クリス様は笑っては居ない。代わりに、泣き出すのを堪えるようなお顔をしている。

「……それは……、『ここ』に、居てくれる……という事だろうか……」

そんな縋る目をしなくてもいいんですよ。……この人、こんな弱点丸出しでいいんだろうか……。

他はほぼ完璧なのに……。

ま、いいか。

「末永く、宜しくお願いします」

言いつつ頭を下げ、再度頭を上げると、クリス様はまた項垂れてらした。

「……今度こそ、守るから……」

小さな小さな声で言うクリス様に、呆れて笑ってしまった。

「ですから、いつも守っていただいてます」

前も言いましたよね？

「それに……、いつも、守ってくださっていたでしょう？」

上手くはいかなかったかもしれないけれど。その時、その時で、最大限の事はしていてくれた筈だ。

「『いつも』セラフィーナを守ってくださって、有難うございます」

『前回』も『その前』も、そして『今回』も。

言葉通りの『命懸け』で、セラフィーナを守ってくれる。……正直、多少重てぇが。まあ、女冥利に尽きるという事にしておこうじゃないか。

「礼を言うのは、私の方だ……」

顔を上げたクリス様は、目元に涙が浮かんでらっしゃる。絶妙に零れそうで零れない涙に、「この人もしかして、自分がどう見えるか全部分かってやってんのか？」と疑いそうになってしまう。

分かってやってたら、あざといなんてモンじゃないが。

「私を選んでくれて、有難う、セラ……」

伏せられた目から、ぽろっと涙が零れ落ちた。A・ZA・TO・I★

クリス様、もしかしなくても『ヒロイン属性』お持ちじゃない？

とりあえず、クリス様が落ち着くまで、お茶のおかわりでもいただこうかしらね～。なんかいい感じに、私が告白の場面で噛んだ事、サラっと流れたしね～。

は～……、いいお天気ね～。お茶も美味しいわ～。


……私は知らない。後日クリス様に、笑いながら「『ちゅき』って……」と蒸し返される事を。そして軽くブチ切れた私がクリス様に「そういうクリス様は嫌いです」と言ってしまい、クリス様がどん底に沈まれる事を。

閑話　妹と、その婚約者である王太子の話。

「……クリス様、いい加減、真面目に働きませんか？」

両手に資料を抱えた公爵令息にそう言われた王太子殿下は、ご自身の執務用の机で頬杖をつき、どこか遠くを眺めている。

時折、「はぁー……」とやけに憂いを含んだ溜息まで零して。

ぼんやりと憂いを含んだ眼差しでどこか遠くを見る様は、一幅の絵画のように美しい。

この王太子が、いっそ呆れる程に麗しく落ち込んでいる理由は、『七つ年下の子供に嫌いと言われた』からだ。……大丈夫か、この王太子……。

その『七つ年下の子供』とは、他ならぬ私の妹だ。私からしたら五つ年下だが。

アレの何処がそれ程良いのか、私には未だに分からない。


全く面識もなく、特に何らかの政略などもなさそうな我が家に、王家側から縁談の話がやって来たのは七年前だ。王太子は十三歳、妹は六歳だった。

取り敢えず、家族全員で首を傾げた。この王子であれば、もっと国益になりそうな相手も、もっと（見た目やら年齢やらの）釣り合いの取れる相手も、幾らでも選びたい放題だろうに。

その中から何故、あの妹を？

しかも挨拶に来た王太子を見て、更に驚いた。

誰が見てもそれと分かる程に愛しそうに、大切そうに妹を見るのだ。

だから何故、あの妹を？？　そもそも、面識も何もないのに？？

妹は見た目だけならそれなりに美少女だ。本人曰く『珠のような美少女』だそうだが、『珠』ではなく球の間違いだろう。それ以前に、そういった賛辞は他人に言ってもらうものであって、決して自分で言うものではない筈だ。

そう。私の妹は、少々変わり者なのだ。

どう変わっているかというと、侍女の制止を振り切って庭の木に登り、それなりの高さのある枝の上で毛虫と鉢合わせてしまい、驚いて枝から落ちた事がある。

余りに全てが予想外過ぎる出来事であった為、落ちる妹を侍女が助けきれず、妹は背中をしこたま地面に打ち付けていた。

幸い、打撲だけで大した怪我は無かったのだが、父に「何故そんな真似をしたのか」と問われた妹は、大真面目な顔と口調で「そこに木があったからです‼」と答えていた。

その回答に、父は「叱ろうという気力が削がれてしまってな……」と、複雑そうな溜息をついていた。

……まあその一件は、それを侍女が酷く気に病んでしまったので、妹も流石に申し訳ないと思ったらしく、その後妹が木に登る事はなくなったのだが。

というかそもそも、木があったからと『登ってみよう』という発想になる事自体がおかしい。恐らく市井の民であっても、木に登ろうとする『女の子』は少ないのではなかろうか。況《いわん》や、貴族の令嬢であれば尚の事だ。

その他にも、妹は家の庭に一大菜園を築き上げていたりもする。

食卓に並んだ野菜や果物の種を、庭の片隅に植えてみたのが始まりだ。庭師たちが「お嬢様がまた何か変わった事を始めた」と、面白がって世話をしてくれたのだ。

その庭師たちの働きもあり、手当たり次第にいい加減に植えた筈の野菜や果物が、見事にそれらしく収穫出来てしまった。

妹はそれに気を良くし、初めは「庭の片隅」で育てていた野菜や果物を、どんどん「庭全体」へと拡大させていった。おかげで我が家の庭は、今では立派な畑だ。……『領地で収穫出来た作物』ではなく、『自宅で採れた作物』で自給自足がほぼ可能な貴族家は、どれくらいあるのだろうか……。

庭師たちも、『トピアリーを美しく整える』方法ではなく、『如何に美味しい野菜や果物を育てるか』に熱心だ。

余りに庭師たちが農作業に熱心なので、何故そこまで農作業に熱を入れるのかと訊ねてみた事がある。それに対する庭師たちの答えは「上手く出来ると、お嬢様がとても喜んでくださるので。それが嬉しくて、つい……」との事だった。

因《ちな》みに、野菜や果物の収穫は、当然のように妹も手伝っている。いつぞや、木から転落する妹を助けられなかった……と悔いていた侍女も、妹と一緒に楽し気に収穫作業に精を出している。

芋のような比較的育成が容易で大量に出来る作物の収穫時には、手の空いている使用人たちが総出で手伝っている。ただ全員、誰かに強要されているのではなく、「楽しいから」という理由で自主的に手伝っているようだ。

使用人たちと妹がいかにも楽し気な笑顔で芋を掘る様を眺めていた父が、「セラは一体、何処を目指しているのだろうな……」と遠い目をしていた。

そんな『ココがおかしい』という点を挙げたらきりがないような妹だ。

そして妹は『自分が貴族令嬢としては規格外』という事実を、きちんと理解している。……ただ、直す気はないようだが。

その点を理解しているので、外では『つやつやの毛並みの自慢の可愛い猫ちゃん』を被っている。確かに外で見る妹は、一端《いっぱし》の貴族令嬢らしく見えるから恐ろしい。そして面白い。

王子がもし、その『外での妹』を何かで知り、それで求婚してきたのだとしたら……と、父が心配していた。ご尤も過ぎる心配だ。

何しろ妹は、『一端の』どころか『普通の』令嬢らしくもないのだから。

しかし父の心配をよそに、交際はとても順調なようだ。何故だ。

そして妹を娶《めと》る関係からか、私の『王太子殿下の側近』への登用が決まってしまった。何故だ。

いや『何故』ではないか。我が家は侯爵位ではあるのだが、先祖代々揃いも揃って『出世』というものにまるで興味がない。というか、むしろそういったものからは距離を取りたい。理由は面倒くさいからだ。

そんな家なので、格が低い。そりゃそうだ。当然だ。

その『格』を底上げしたいのだろうな、というのはすぐに分かった。

まあ、断れる筋でもないので、王子への返事は「有難く承ります」一択なのだが。

面倒な事になったな……と、初めは思った。けれどすぐに、そんな思いは掻き消えた。

王子も、王子が「友人たち」と称する他の側近の方々も、皆それぞれ個性的で楽しい人々であったからだ。個性的なだけでなく、皆がそれぞれ高い能力を有していて、互いが互いを評価し尊重し合っている。そしてその輪の中に、私をとても自然に迎え入れてくれた。

王子の側近などと言ったら、もっとギスギスとした関係性なのかと思っていたが、存外に居心地が良い。恐らくこれは、中心となっている王子の人柄に因《よ》るものが大きいのだろう。

私以外の側近の三人と、女性であるので側近とはなれないが補佐的な役割をしてくれている公爵令嬢は、全員それぞれ『個性的』と言えば聞こえが良いが、一癖も二癖もある人物だ。

その四人を、王子はそれぞれの個性を見極め、衝突しないように上手く場を回している。全員を上手く立てながらも、決して自身も引く事がない。

これが『王太子』という人物の資質か、と、少々恐ろしく思った。

そして常に笑顔で人当たりも良く、物腰は穏やかで、所作は非常に優雅である。……猫を被っていないセラなど、森に居る小動物と大差ないのだが……。この王子は、それを知っているのだろうか？

王子の人柄などを知るにつけ、「この方の隣に居るのが、あの妹で本当に大丈夫なのだろうか」という不安が募ってしまった。

……つい先日も妹は「いざという時の為に」と、庭で木に向かって一人で延々と球を投げ続けていた。あいつの想定する『いざという時』とは、一体どういう時なのか……。止めに入ったら「もう少しで何かが掴めそうなんです！」と食い下がられたが、何を掴む気なのか……。

そんな少々変わった（控えめな表現）妹なので、不安になるのも分かって欲しい。

なので私はつい、王子に言ってしまったのだ。あの妹で本当に大丈夫なのか、と。そして、私の知る限りの妹の奇行の数々を。

私の話を聞き終えた王子は、とても楽し気に笑っていた。そして、その楽し気な顔で、とても愛しそうな声で言った。

「本当に、セラはセラなのだなぁ……」

呟くように言われた言葉の意味は、私には分からなかった。けれど、王子がとてもあの妹を好きなのだという事だけは、良く分かった。

「今度、セラに訊いてみよう。その『投球練習』が何の役に立つのかを」

王子はやはり楽し気に笑うと、私に「楽しい話を有難う」と礼を言うのだった。礼を言われても、私には何が何やらさっぱりだが。

……まあ、王子が『猫を被っていない妹』を知っていて、それでも愛しいと思ってくれているならば、それでいいか。

そんな風に思ったのだった。


そして先程までえらく麗しく落ち込んでいた王子は、侍従の「セラフィーナ様がおみえです」の言葉にすっ飛んでいった。

執務机の上には、ずっと書きかけのままで止まっている書類だけが残っている。

その書きかけの書類を、侯爵令息が取り上げた。

「戻って来るクリス様が、笑顔か憂い顔か、賭けないか？」

書類に目を落としながらも、楽し気な口調で言う侯爵令息に、公爵令息が小さく笑った。

「構わないよ。私はじゃあ、笑顔に賭けよう」

「わたくしも、笑顔にベットしますわ」

くすくすと笑う公爵令嬢に、子爵令息も笑う。

「賭けにならない気配がするね。私も笑顔だ」

君は？　と子爵令息に話を振られ、私は軽く肩を竦めた。

「逆に張ったところで、回収の見込みが低そうですので、私も順当に笑顔で」

「何だ、本当に賭けにならないじゃないか」

笑いながらもガッカリした口調で言う侯爵令息に、公爵令嬢が「では貴方は、憂い顔に賭けたら良いのよ」と笑う。

「負けると分かって賭ける馬鹿はいないだろう」

言った侯爵令息に、全員が「違いない」と笑うのだった。

そして一時間後、すっきりとした晴れやかな笑顔で戻ってきた王子を見て、私たち全員が笑ってしまったのは言うまでもない。

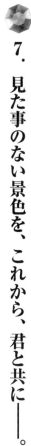

7．見た事のない景色を、これから、君と共に――。

私とクリス様の結婚式の日取りは、クリス様が二十六歳を迎えてから、に延びた。というか、延ばした。

クリス様は「一年も延びた……」とえらい不満そうだったが、そもそもクリス様の一番ヤベー年だからなんですからね！　一年間、ガッツリ警戒して生きてっていただきたいんですよ！

その前にお式挙げて、新婚から未亡人直行コースはご免なんですよ！

どうもクリス様は、ご自分の命を軽～く考えている節がある。……いや、そりゃまあ、あんだけ『死んでやり直す』なんてやってたら、軽くなるのも仕方ないのかもしれないけども。

「クリス様にとっては、『死んだらやり直せばいい』くらいのものかもしれませんけれど、『今ここに居る私』にとっては、クリス様は『今、私の目の前に居るクリス様』たった一人しか居ないんですよ」

クリス様はやり直す先々で、私やらご両親やらと『再会』出来るんだろうけれど。

そんでちょっと、クリス様が亡くなられた後、『この世界』がどうなるのかもよく分かんなくはあるんだけども。……何かどうも、クリス様のお話を聞いてる限りだと、クリス様が『やり直し』を選択した時点で、その時間軸が丸ごと『無かった事』になってるくさいんだよね……。何ていうか、『クリス様が居ない世界が続いていって、平行世界が量産される』んじゃなくて、『やり直しを選択した時点で、それまでの全部が無かった事になって、クリス様の一回目の餓死直前の世界だけが残る』って言うか……。……う～～ん……、私にもよく分かんないんだけども。ＳＦに造詣の深い人なら、こういう説明も上手く出来るのかもしんないけど、私にはこれで精一杯だ。

つまり何が言いたいかというと、クリス様がやり直している世界での『私』は、確かに今ここに居る『私』と中身は同じなのだろう。けれど、『今の私』ではないのだ。

今ここに生きている私には、『やり直し』の記憶なんぞない。……全く役に立たん前世の記憶しかない。

クリス様はずっと連続した記憶を継いでらっしゃるけれど、私には『俺様化け物王子を嫌って国を出た』記憶もなければ、『弟に殺された』記憶もない。

それらは、毎度毎度の『セラフィーナ』の出来事だ。確かに中身は同じ私であるだろうが、『今の私』とは言ってしまえば別人なのだ。

「クリス様は、『今、目の前に居る私』を大切に想って下さってるんですよね？」

「それは当然」

本当に当たり前という口調で即答して下さるクリス様。……クリス様には照れとか存在しないいんだろうか……。

「ならば、もっとご自身を大事になさって下さい。……私が無事に十八を迎えたとしても、クリス様が死んでしまっては、何にもなりません」

新婚から未亡人へ最短直行コースも悲しいが、そんな事より単純に『大切な人に早くに先立たれる』という状況がきつい。

それはきっと、クリス様なら分かってる筈だ。

クリス様もどうやら、思い当たってくれたようだ。

「うん……、そうだね。……君の言う通りだ」

嬉しそうな、何だか少しだけ泣き出しそうな笑顔で、クリス様は頷いて下さった。

そして私たちは約束をした。私の十八歳の誕生日と、クリス様の二十六歳の誕生日。その日は、目いっぱい盛大にお祝いをしよう、と。料理人に大好きなメニューばかりを作ってもらって、お城の秘蔵のワインを開けて。

クリス様と私だけでなく、事情を知りきっと心配しているであろう陛下とフェリシア様とで。

楽しいお祝いの会をしよう、と。


あと、めっちゃ気になってた『直近の二回でヒロインちゃんの義父となった隠密』が、今どうしているのかをクリス様に訊ねてみた。

お答えは「今年は小麦が豊作過ぎたから、お裾分けです……と、……送って来られても困るんだけどね……」との事だった。

大きな木箱で二つも送られてきたそうで、「いるかい？」と虚ろな笑顔で言われたが、「いえ、特に小麦には困っておりませんので」と丁重に辞退させていただいた。

……つうか毎度、隠密氏は人生エンジョイしてんな……。

そして実はすんごい気になってた、『お祝いの時に配る粉菓子』とやらを、クリス様が分けてくれた。ヒロインちゃんに二人目の子供が産まれたお祝い、だそうだ。

落雁をもっと素朴にしたみたいな味で、確かに美味しかった。お花の形をしているのは話に聞いたとおりだったが、思っていたより細かな細工で綺麗なものだった。……お盆の落雁みたいなヤツだと思ってたのよ。でもちゃんと洋風な、可愛いお花だったわ。菊じゃなかったわ。

余談だが、隠密氏には今回、男の子と女の子の双子の子供が居るらしい。……マジで隠密だけ、毎回楽しそうなんだよな……。

そして私が十五歳の春、兄に嫁が来た。

侯爵家という高位貴族であるにも関わらず、後嗣の嫁取りを「まあ、その内ね～」と家人全員が面倒くさがる……という我が家らしい理由から、兄にはずっと婚約者なども居なかったのだ。

そのぼんやり風味な我が家に嫁に来た勇者の名は、フェリシア・マローン公爵令嬢だ。

なんと向こうからゴリ推ししてきた。マローン公爵家、つよい……。

フェリシア・おかん・マローン様によれば、兄は「放っておけなくて、世話が焼きたくなる」タイプなのだそうだ。……おかんの血が騒いでしまったのですね、フェリシア様……。

現在、兄はガッツリおかんの尻に敷かれている。何と言っても、あちらのご実家は公爵家だ。ぼんやり侯爵家な我が家が太刀打ちできる相手ではない。

しかし兄も満更ではなさそうなので、これはこれで良いのではないだろうか。美人でデキる嫁なんて、素晴らしいじゃないか。正直、兄には勿体ない気持ちだ。

父はうっかり公爵家と縁続きになってしまい、「粗相がないか胃が痛い……」と言っている。

そのおかん——もといフェリシア様からは、「お姉さま、と呼んでくれていいのよ」と言われた。なので素直に「お姉さま」と呼んだらば、何故かそれをクリス様が羨ましがっていた。……なんでやねん。

それ以降、クリス様が時々自分を「お兄様」と呼ばせようとしてくる。意味が分からなくて怖い。

余談だが、マローン公爵家は親族から養子を取り、その青年が継ぐ事になっているそうだ。元々、フェリシア様かその青年か、どちらかが継げば良い、という話だったらしい。

養子に入った青年はフェリシア様の従弟《いとこ》に当たる人で、幼少の頃から姉弟のように過ごしていた相手らしい。「マローン公爵家は、彼に任せておけば心配ありませんわ」と笑っていた。

フェリシア様が思い切り良く他家へ嫁へ行ったのは、『女性では爵位を継げない』という理由も大きかったようだ。

ストウ公爵夫人のように、とても控えめで物分かりの良いご主人を迎え、自身が『実質上の公爵』となる道もある。けれど、ストウ公爵のように『出過ぎず、引き過ぎず』を心得ている男性というのはそう居ない。フェリシア様も「ストウ公爵家の在り様というのは理想的ではありますけれど、余りに『理想的』が過ぎてそうそう実現するものではありませんわ」と言っていた。

この一連の出来事を受けて、クリス様が法改正に乗り出した。『爵位継承の際に、性別を不問とする』事にしたいのだそうだ。長年続いてきた慣習だけに、現状では賛同者を集めるにも苦労しそうではある。けれど、上手くいってほしいものだと思う。

取り敢えず、賛同者の中にフェリシア様とマローン公爵家とストウ公爵夫人が居るのが、めっちゃ心強い。ていうか、権力的にも強い。

そしてやって来た、私が十七歳、クリス様が二十五歳の因縁の年。

私の十七歳は、全く何事もなく過ぎた。……翌年の挙式に備えた準備に、私よりクリス様が張り切っていた以外は。……いや、ですからクリス様、ドレスはもう足りてますから。これ以上増やしても、着る時間もありませんから。アクセサリーも足りてますから！　大丈夫ですから！

そして私の十八歳の誕生日。

恐ろしい事に、クリス様がアポなしで我が家へやって来た。

いや、待って待って！　一国の王太子がアポなし訪問って、マジでないでしょ！　しかも、いい歳した大人だよ！

これに我が家の強い嫁、フェリシア様が静かにブチ切れた。

「ご自身のお立場というものを、理解しておいでですか？」

我が家の応接室にて、ソファに座ったクリス様の向かいに、フェリシア様が腰に両手を当て正に仁王立ちをしていらっしゃる。……ていうか、フェリシア様の背後に仁王が見えるよ……。笑顔がむしろおっかねえよ、フェリシア様……。

「申し訳ない……」

ソファに座ってしゅーんとしているクリス様に、フェリシア様はあくまで笑顔だ。

「謝れば済む、などとお考えではありません？　ご自身の軽率な行動で、どれ程の人数が迷惑を被るか、きちんと理解されていらっしゃるのですわよね？」

「それは、理解している」

「理解されていて、それでも軽率な行動に出るのであれば、それは愚かと断じざるを得ませんが」

あくまで笑顔で、けれど声だけは冷え冷えと言うフェリシア様と、ソファでしゅーんと項垂れるクリス様。……を、部屋の隅から離れて見守る私と兄。

「……お前は、殿下に助け船を出さなくてもいいのか？」

小声でぼそっと言う兄に、私はクリス様とフェリシア様を見た。何だかあの一角だけ、空気の色も温度も違う。怖い。

「……ではお兄様は、あそこに割って入る勇気をお持ちで？」

「馬鹿を言うな。ある訳がないだろう」

ガチ切れたフェリシア様の恐ろしさは、兄は骨身に沁みて知っている。伊達に尻に敷かれていない。

「とりあえず、スコーンでも食うか……」

侍女たちが大慌てでお茶の支度をしてくれたのだが、中央のテーブルが現在「恐怖の説教会場」と化しているため、部屋の隅の小さなテーブルにお茶道具が纏められているのだ。

「そうですね。今の私たちに出来る事は、お茶を飲む事くらいですしね」

兄の提案に頷き、私と兄は部屋の隅のテーブルに無理やりセットされているお茶を楽しむ事にしたのだった。

その後、十分ほど続いたお説教は、クリス様の「申し訳ないが、余り時間が取れないんだ」という一言で終わりとなった。

ただフェリシア様は「お時間がないなら、無理に来られる必要はなかったのでは？」と呆れたように呟いていたが。

私はクリス様に「少し二人で話がしたい」と言われたので、二人で我が家自慢の畑（庭）を散歩する事にした。

初めて我が家を訪れた際にクリス様は、この庭の有様を見て「私《セラ》らしい」と思われたそうだ。

……私の仕業という事は、言うまでもなくバレバレだったらしい……。マジで、『やり直し』の中のセラフィーナ、自由に生き過ぎじゃね？

折角なので庭を軽く案内し、あの日、初めてクリス様とお顔を合わせた場所に出た。ここはこの庭で一番、『何とか庭園っぽく見える』場所なのだ。

「ああ……、何だか懐かしいね」

周囲を見回して、クリス様が微笑まれる。

相変わらず、光景としては『野生の原野感』が強い場所だ。実は奥の畝に植わっている野菜の種類が変わっているのだが、そんな事は恐らく誰も興味がないだろう。

「あの日、初めてここで君と会って、私は『今度こそ、君を守ろう』と強く決めたんだ」

「おかげ様で、無事に十八歳の誕生日を迎えました」

危険な事……というか、危険と感じる事は何一つなかったけれど。それはきっと、クリス様がずっと『そうあるように』と動いてくれていたからだ。実際、クリス様が何もせずにシュターデンを放置していたらどうなっていたか。私には想像もつかないのだが、まあ良い結果にはなっていないだろう。

「セラ」

クリス様が、私の手をそっと両手で取ってきた。

以前までは、少し触れるだけでも許可を取ってきていたのだが、私が「常識の範囲内での接触でしたら、許可は不要です」と言ったのだ。

きっとクリス様なら、私が嫌がるような事なんてしないだろうし。そして実際、そう言って以降もおかしな事なんてされてないし。ていうか、このクリス様が壁ドンとか、まずあり得ねえだろうし。

私の手を取ったクリス様は、両手でぐっと強めに握ると、その手を見るように視線を伏せた。

「十八歳の誕生日、おめでとう」

噛み締めるような声で言うクリス様に、私はただ「有難うございます」とだけ答えた。

このたった一言に、どれだけの思いが詰まっているのか。それが分かるから逆に、返す言葉が見当たらない。

クリス様は視線を上げると、私を真っ直ぐに見て微笑んだ。相変わらず眩しそうに、そして、少しだけ泣き出しそうに。

「『十八歳の君』が、ここに居てくれる事が……、本当に嬉しい……」

「次は、クリス様の番ですよ」

そもそも、『私の十七歳の一年間』というのは、ヤバいのかどうかすらよく分からない期間だ。けれど、あともう一年。『クリス様の二十五歳の一年間』という、桁違いにヤバい期間が残っている。

「来年、皆でクリス様のお誕生日をお祝いするんですから。私にもちゃんと、クリス様に『お誕生日おめでとう』と言わせて下さいね」

「そうだね……。……君を遺してなど、いけないね……」

「そうです。既に陛下も、極上のワインを用意して待ってらっしゃるんですから！」

これは本当だ。クリス様から『やり直し』の話を聞いた陛下も、この一年間をとても警戒しておられる。そしてクリス様を諦めさせない為に、「二十六歳の誕生日にはこれを開けるのだ」と、めっちゃくちゃ希少で貴重なワインを既に用意している。

「それに、お誕生日が過ぎたら、婚姻の式典も控えてるんですからね。折角素敵なドレスを用意してるんですから、無駄にさせないで下さいね！」

私の言葉に、クリス様は泣き笑いのような表情で「うん」と頷いた。

「……セラ」

「何ですか？」

「本当に……、君で良かった……」

僅かに震える吐息と一緒に呟くように零された言葉に、軽く首を傾げてしまった。

というか、何度かクリス様に言われた事があるけれど、何が『私で良かった』のだろうか。良かったと言ってくれているのだから、悪い意味ではないんだろうけれど。

そんな事を考えている私に、クリス様がやはり眩しそうに目を細めて笑った。

「私の愛した相手が、君で良かった」

そういう意味でしたかー‼

「そ……れは、何より、です……」

あかん。どうしても照れが出る。

しかもクリス様が、めちゃくちゃ愛しそうな目で見てくるもんだから、余計に照れる。

恐らく真っ赤な顔をしているであろう私を見て、クリス様は今度は楽しそうに笑われるのだった。


クリス様が二十五歳の春。夏がくると二十六歳になる、という頃だ。お城の一般開放というイベントがあった。

城の広間や庭園の一部を開放し、その日は誰しもが城へ入って良いというイベントだ。

実はこれは、クリス様とフェリシア様の発案だ。

お二人が経験した『一回目』。民衆の憎悪が支配者層に牙を剥いた、あの出来事。

クリス様のお話でも、フェリシア様から聞いたお話でも、民によって『処刑』された貴族というのは、大半が欲の皮の突っ張ったような人々であったらしいが。中にはやはり、『貴族』とは名ばかりで、逃れる領地などもなく王都に留まる以外に術の無かった人々もあったようだ。

暴徒と化した民衆に『標的を選別しろ』というのは難しい。けれどももし、一般の市井の民が「貴族とは何たるか」を、多少なりとも理解していたとしたら？　『貴族』という階級の正しい在り様は、ただ贅《ぜい》を貪るばかりではないのだと理解していたら？　……そうであったならば、もう少しだけでも、何かが変わっていたのではないだろうか。

そういう思いから、クリス様は積極的に『学校』を普及させようとしているし、フェリシア様は貴族家と市井の民との交流を増やそうとしている。

その一環として、城の様子を見てもらおうという事になったのだ。

何せ『王城』という場所は、巨大な雇用を創出する場所でもある。働く者は厳しい身分調査をパスしてきた者だけであるので、今のところは貴族家の娘や次男・三男などが主だが。

クリス様は、いずれそこに市井からも人を採りたいとお考えのようだ。「まだまだ、当分先の話だけれどね」と笑っていらしたが、そういう『未来の話』が出来るというのは、私は何だかちょっと嬉しく感じた。

そのイベントの様子を見に行ったクリス様に、襲い掛かろうとした人物が居た。杖をついた老人で、相当に身体が弱っており、クリス様に大事はなかったが。

話を聞いて驚いて、思わずクリス様の所へすっ飛んで行ってしまった。執務室で「やあ、セラ」と笑顔で迎えてくれたクリス様に、「お怪我は⁉　どこか痛いところなんかは⁉」と詰め寄ったら、「私には何もないから、落ち着いて」と苦笑されてしまった。

落ち着いてられっか‼　もし私とクリス様、逆の立場だったらどうなんですか！　と言ってみたら、クリス様の目から一瞬でハイライトが消えた。……怖かった。

「……取り敢えず、襲った相手を処分するかな」

答えが想像の斜め上の物騒さだった……。あの、えと……、ご無事なら、何よりです……。ハイ……。


捕らえた老人を調べたところ、例の宗教コミュニティの残党だった。コミュニティの解体を恨んでの犯行だったようだ。

正式な処分が決まるまで禁固刑となったのだが、老人はひと月と経たず獄中で死亡した。食事を出しても手をつけず、衰弱しての死亡だった。

老人に襲われた際、クリス様を身を呈して庇った人物が居たのだが、それが何と現・農夫な元隠密だった。愛する妻と子供たちを連れての王都観光の最中だったらしい。……マジで人生楽しそう。

クリス様を庇ったという事で国から褒賞が出るからと、受け取りに来ていた彼をこっそり覗き見た。

亜麻色のすっきりとした短髪で、浅黒く日焼けをした、精悍な印象のオッサンだった。……精悍な印象ではあるのだが、健康的過ぎて『隠密』には見えない。

ただ頬に大きな古傷があり、その辺に『隠密』っぽさが……と思ったのだが、その傷も実は村に狼が出た時に追い払う際に付いた傷だったらしい。……人生エンジョイ勢め……。

褒賞を受け取る際、隠密が随伴として連れてきていたのが、何とヒロインちゃんだった。

お城の開放イベントのあの日、ヒロインちゃんは幼い娘ちゃんが急に熱を出したとかで、宿で看病をしていたのだそうだ。「折角のイベントなのに、お城が見られなかった」と、少々残念がっていたらしい。

そこにこの褒賞授与の話が来て、母親が「私の代わりにいってらっしゃい」と随伴役を譲ったそうだ。「私はあの日、カッコ良く王子様を守るお父さんを見せてもらったから」と。……なんだよ隠密、マジで勝ち組人生だな……。

褒賞授与の後、そのエピソードを聞いたお役人様から「特別に」と庭園を見せてもらい、ヒロインちゃんはとても喜んでいた。

その様子を、私はクリス様と二人で、遠くからこっそり見ていたのだ。

ヒロインちゃんは確かに『ヒロイン！』という感じの、正統派のゆるふわ系美女だった。クリス様の一つ年下だった筈だから、二十四か五か。歳より少しだけ幼い印象はあるが、とても人の好さそうな、笑顔の愛らしい女性だ。アレは確かに、ヒロインを張れる。

「隠密を彼女の元へ送り込む……というのは、隠密にとってだけでなく、彼女にとっても良い事だったのかな」

視線の先の楽しそうな二人を目を細めて眺めながら言うクリス様に、私は頷いた。

「きっと、そうなんでしょうね」

ヒロインちゃんの憧れた『物語の世界』とは、程遠い暮らしではあるのだろうけれど。それでも、庭園を散歩する二人は、とても幸せそうで楽しそうだ。

ヒロインちゃんの「お父さん、見て！　あのお花、すごくキレイ！」という、とても楽し気な声が聞こえる。

「どこから見ても、仲の良い、幸せそうな父娘です。……あの幸せそうな家庭を、クリス様が作ったのですよ」

「作ったのは、隠密だよ」

「そうですけれど、クリス様がフィオリーナ嬢の状況を変えようと考えなければ、あそこに彼は居ません。ですので、あの光景は『クリス様の功績』です」

「そうかな？」

「そうです」

誰が何と言おうが、隠密が何と言おうが、私はそう考える事にしてるんだ！

きっぱりと頷いた私に、クリス様がくすくすと笑われた。

「では、その『幸せ家族』から届いた小麦を、セラにもお裾分けしなければ」

「……いえ、あの……、それは間に合っております……」

また送ってたのかよ、隠密よ……。

隠密氏は褒賞にピカピカの農具を沢山もらい、「村人もとても喜びます！」とにっこにこで帰っていった。……もうマジで、ただの農民じゃねぇか……。


事件らしい事件はそれきりで、クリス様は無事に二十六歳の誕生日を迎えた。

クリス様と私と国王陛下とフェリシア様とで祝杯を挙げた。途中から陛下が泣き出してしまい、宥《なだ》めるのが大変だった。何しろ相手は国王だ。そしてイイ歳のオッサンだ。もう何と声を掛けたら良いかも分からない。

けれど陛下が泣く気持ちも分かる。

泣きながら何度も「良かった」と、「すまない」を繰り返していた。やはり陛下はどうしても、ご自身が石に願った事がクリス様を縛っているのではないか……と気に病まれていたようだ。

私とフェリシア様は、陛下が落ち着かれるまでは……と、その間廊下に出ている事にした。その私たちに、侍女や騎士様たちが「大変ですね」みたいな苦笑を向けてきて、それが可笑しくて二人で笑ってしまった。

ややしてクリス様が「もう大丈夫だそうだよ」と呼びに来てくれたのだが、部屋へ入ってみると真っ赤な目をした陛下が居て、やはり少々の気まずさがあった。……が、直後に陛下がえらい鼻声で「今見たものは、全て忘れてくれ」と仰ったので、また笑ってしまった。

フェリシア様と二人で「陛下に貸しが一つ出来た」と笑い合っていると、陛下も「一つだけだからな！」とおどけるように釘を刺してきて、可笑しくて楽しくて皆で笑い合った。

◆

そしてそして。

クリス様と私の婚姻の式典は、厳かにド派手に無事に執り行われた。

前日まで三日間、雨が続いていたのだが、式典の当日は嘘みたいなどピーカンだった。雲一つない晴天だ。これも謎の石パワーとかなんだろうか。

本日のスケジュールは、まず大聖堂にてお式を挙げます。これが午前九時くらい。その後、聖堂からお城までの道程を、パレードしつつ移動します。お城に着いたら今度は、私を王室へ迎え入れる式典があります。終わったら、そのまま披露宴になだれ込みます。『披露宴』という名前ですが、他国からの国賓勢ぞろいのお堅い宴会です。そのまま二次会的な、国内貴族たちへのお披露目会にゆるっとスイッチします。全部終わると、日付が楽勝で変わってます。

……もう、考えただけで疲れる……。

頭の式典二連発は、何度もリハーサルを繰り返してきた。覚える事がてんこ盛り過ぎて、今でも油断したらどっかから零れ落ちそうだ。

けど、今日が本番だ。やったるぜ‼


大聖堂にある一室を借りて、婚礼の衣装に着替える。このドレスがまた、えらい豪華なのだが、これはクリス様が張り切ってくれたおかげだ。

ただまあ、これは豪華にしておかないと、国威に関わる。王太子妃、ひいては後の王妃が、みすぼらしい花嫁衣装を着る訳にいかない。なので私も、このドレスには色々と口を出させてもらった。

そういえば、今までのパーティーなんかで着たドレスは、全部クリス様に貰ったものだったな。

じゃあ婚礼衣装もそうなるのかな……などと思っていたのだが、クリス様に「今回は、君の着たいものを着ると良いよ」と言われたのだ。

その『今回は』という部分に、ちょっとした引っかかりを感じた。

もしかして、その『今回は』って、『今までのパーティーと違って、今回は』っていうだけじゃなくて、『やり直す前の前回と違って、今回は』って意味もあったりします？

そう訊ねると、クリス様は少々バツが悪そうに「……うん」と頷かれた。

「『前回』、最終的に君と私とで意見が割れてしまって……。チェスで勝った方の選んだドレスにしよう、と君が言うから……」

言いそうだけど、手加減して⁉　クリス様、勝っちゃったって事よね⁉　何、マジでやってくれてんですか！

その『前回』のドレスは、どんなものだったんですか？　と訊ねたら、こういう感じかな……とクリス様がスケッチを渡してくれた。

「こっちが私が推した方で、こっちがセラが気に入っていた方……です……」

クリス様の声が、気まずそうに小さくなっていく。

それもそうだ。

クリス様が手渡してくれたスケッチは、デザイン画だった。その両方とも、『今の私』にガッツリ見覚えがあるのだ。クリス様が推していた方とやらは、クリス様の十八歳の生誕記念の宴で着たドレスだ。そして私が推していた方は、その後にあった夜会に出席する際にクリス様に貰ったもの。て事は、もしかしなくても、今までクリス様がプレゼントしてくれたドレス、全部『やり直しの中の私が着てた物』か⁉

「いや、あの……、色々と事情があって、着られなかったものなんかが殆どで。でも、セラがすごく気に入っていたから……」

……クリス様にいただくドレス、どれも全部私の好みのツボ抑えてんなぁとか、思ってたけども。

そりゃそーだわね！

そして、はたと気付いてしまった。

六歳の、婚約披露のパーティーで着たドレス。あの、あり得ない蔓薔薇たっぷりのドレスは、もしかして……。

「……婚姻の式典の後に着る予定だったドレス、です……」

王太子妃が着るドレスなら、そりゃ蔓薔薇の刺繍も入れ放題ですわね！ ていうか、今更ながら何してくれてんすか、クリス様‼

でも流石に、今回の婚礼衣装は使い回さないのか。思わずそう零したら、クリス様が苦笑された。

「『今』ここに居る私は、『今目の前に居る君』と式を挙げるんだ。だからこそ、君に選んで欲しいんだよ」

……そう仰るなら、今までが使い回しだった事、ちゃんと反省してくださいね。

「……すまない。でも……、君に着せてあげたかったんだ……。『婚礼衣装』なんて……、もしかしたら、私が贈れる物でもないかもしれないと思っていたから……」

そう言われると、こちらとしても弱い。

クリス様の『最終目的地』、私と結婚する事とかじゃなくて、『私を守る事』なんだもんなぁ……。

私にもう危険がなさそうだと判断出来たら、手を放すつもりだった、とか仰ってたし。

『事情があって着られなかったもの』だから、その『着られない事情』のない状態で、私に着させてくれたのか。

……何か、江戸の仇を長崎で討つみたいな話だけども（多分違う）、これもきっと愛情なんだろう。大分ややこしくはあるが。

なので私は「私も、『今目の前に居るクリス様』とお式を挙げるんです。ですので、『今までのセラが着たがったドレス』ではなくて、『今のクリス様が私に似合うと思うもの』を教えて下さい」と言ったのだ。……そしたらば、クリス様がえっらい張り切った。余計な事言ったか？　とちょっと後悔するくらい、張り切った。

そんな豪華すぎるくらいに豪華なドレスを着付けてもらい、今日の為にとぅるんとぅるんに仕上げてきた髪を結ってもらい、念入りに手入れをしてきたお肌に化粧を施して貰った。

仕上げのアクセサリーは、あの『国宝ネックレス』の予定だったのだが、変更になった。理由は、真ん中に鎮座する精霊の石が、大分真っ青になっていたからだ。

陛下とクリス様が揃って、「これは人前に出せない」と判断された。

なので普通の宝石を使ったアクセサリーなのだが、それもそれで豪華すぎて精神的に重い。いや、ショボくする訳にいかないのは、重々承知ですけども！

さて、じき本番だ。私の準備は万端だ。

という訳で、しずしずと控え室へと向かう。猫ちゃんのコンディションも、この日の為にバッチ

り整えてきたぜ！　今日の猫ちゃんは、また一際つやつやのふわふわのふっさふっさだ‼

通された控え室には、既にクリス様がスタンバイしてらした。

開けられたドアの向こうのクリス様は、窓からの陽光を背負い、めっちゃキラキラして眩しい。

着てらっしゃる式典用の礼装や装具もピカピカで、クリス様ご自身の美貌もピカピカで、本当に色んな意味で眩しい。

眩しいわぁ……と目を細める私を、クリス様も目を細めて見ておられる。

思わず戸口に突っ立ってしまっていた私を、お城の侍女さんが「どうぞ中へ」と促した。侍女さんたちはスツールを用意してくれて、そこにドレスが崩れないよう座らせてくれると、ささーっと居なくなってしまった。

え⁉　侍女さんたち、どこ行ったの⁉

「私が人払いを頼んでおいたんだ」

きょろきょろしてしまっていた私に、クリス様はそう言うと、スツールに座る私の正面にやってきた。

「人払い……ですか」

何故？　……ていうか、ドアもきっちり閉じられてるわ。まあ、今日から夫婦なんだから、別にいいんだろうけど。

そんな事を考えていると、スツールに腰かける私の正面に、クリス様がすっと膝を折ってしゃがまれた。

「……クリス様？」

どうしたんですか？

何をするのだろうかと見ていると、私の前に片膝をついたまま、手を伸ばしてきて私の手を取った。

「これから、『神の祝福』とやらを受けて、神に対して夫婦である事を誓う訳だけれど……」

そうですね。結婚式って、そういう儀式ですもんね。……日本だと、形骸化も甚だしいが。この世界ではまだ、大真面目な神事の一つだ。

「その『神』とやらを、私は心から信奉など出来そうにない」

「……それは、そうかもしれませんね」

何しろ、あの『精霊の石』を授けてくれた精霊の上司だ。多分、ロクなもんじゃない。

というか、『人払い』はこの為か。別に神を信じる・信じないは自由ではあるけれど、『王太子』が大っぴらに言うような事ではない。もし誰かに聞かれたら、『教会』という一大派閥との間に亀裂が入ってもおかしくない。

「だから、神に誓う前に、君に誓わせて欲しい」

「何を、でしょうか？」

思わずきょとんとしてしまった私に、クリス様が微笑んだ。

綺麗な、とても綺麗な笑顔だった。やはり少し眩しそうに目を細め、幸せそうな、満ち足りたような表情で。

「君がいずれその生涯を閉じる時、その時に『幸せな一生だった』と思ってくれるよう努力する。君が何物にも脅かされる事の無いよう、君の笑顔が曇らぬよう……」

クリス様は手に取っていた私の手に、そっと唇を寄せた。

「君を生涯守る事を、君に誓う」

「……クリス様」

「何だろうか？」

顔を上げこちらを見たクリス様に、私は思わず苦笑してしまった。

だから、いちいち重たいんですよ。それに、『結婚式の誓い』って、そうじゃないんですよ。

「守って下さるのも嬉しいのですが……、私が以前、本で読んだ『婚姻の誓い』の話を聞いて下さいますか？」

「構わないよ」

笑顔で即答して下さるクリス様。そういうところ、本当に大好きです。

「どこかの国では、こういう風に言うそうです。『病める時も、健やかなる時も、富める時も、貧しき時も、その命ある限り愛する事を誓いますか？』」

何かもっと、色々ついていた気がするが、大体こんなもんだった筈。

クリス様には、もう充分に守ってもらった。だからこれからは、ずっと一緒に『二人で』幸せになりましょうよ。

私だけ幸せでも、意味ないでしょ。

そんな風に思いつつクリス様を見ていると、クリス様はふわりと穏やかな笑みを浮かべられた。

「……誓います」

「では今度は、クリス様が私に」

カモーン。ばっち来い。

「では……、病める時も、健やかなる時も、富める時も、貧しき時も、その命ある限り愛する事を誓いますか？」

「誓います」

当然だ。

「……有難う、セラ……」

感極まったようにぽつりと言うと、クリス様は手に取っていた私の手をぎゅっと握ってきた。初めは微笑ましく眺めていたのだが、クリス様の握力がおかしい。

「い……った、痛い痛い痛い‼」

手が潰れる‼　クリス様、力の加減おかしいですって‼

思わず大声を出してしまった私に、クリス様が慌てて手を放し、声が聞こえたらしい侍女さんたちが部屋へと駆け込んできた。

心配したような表情だった侍女さんたちは、おろおろしながら私に謝るクリス様を見て、呆れたような笑顔になるのだった。

◆

一日の怒涛のスケジュールを終え、所謂初夜というヤツだ。ここから五日間、私たちには何の予定も組まれていない。思う存分、だらだらと過ごさせてもらおうじゃないか。

現在はお風呂も済ませ、ベッドの上で「ふい～……」とダラダラしている。言っておくが、『事後』ではない。まだだ。クリス様は今、お風呂行ってらっしゃるそうだ。

一人でアホ程広いベッドでだる～んだら～んとしてたら、眠くなってきた。

いや、ここで寝ちゃダメだろう。……疲れたけど。すんっっっごい疲れたけども。

寝ちゃダメよ～……。がんばえー……、寝るなー……。

「……ファッ⁉」

いかん、寝てた！　と慌てて飛び起きたら、すぐ脇に座ってらしたクリス様が、めっちゃびっくりした顔で私を見ていた。

「……驚いた……」

胸元に手を当て、ふー……と息を吐いておられる。……驚かせて申し訳ない。

激烈、頭スッキリしてる。これはもしかしなくても、相当寝てたか？

「あの……すみません、クリス様。私、もしかしなくても、かなり寝てました……？」

「いや、多分、そんな事はないいんじゃないかな？」

言いつつ、クリス様はベッドサイドにある時計を指さした。

まじだ。二十分も経ってない。……あれか。授業中とかにカクンってなって目が覚めると、異常にスッキリしてるあの現象か。

寝起きなので、恐らく髪がぼさぼさなのだろう。クリス様が手を伸ばし、私の髪を丁寧に指で梳《す》いてくれる。

以前、私に触れるのに非常に気を遣ってくれていたクリス様だが、その理由は「一回目の時、不用意に君に触れて、振り払われた事があって……」という切ないものだった。いや、そら、『俺様』の不用意は、ホントに不用意でしょうからね！　しょーがないですわね！

それと「余り近くに居ると、自制が効かなくなりそうで……」というものだった。

今日からはもう、自制は必要ない。

クリス様が私の髪を梳いていた手で、そのまま私を抱き寄せた。

「セラ……」

「はい。……いや、痛い痛い痛い」

クリス様、力強いですって！　痛いよ！　思わずフツーに口から出たよ！　ていうかこういうの、今朝もあったな⁉

私の言葉にクリス様は慌てて腕を解くと、「すまない、大丈夫だろうか⁉」とおろおろしながら私の腕や肩をさすってくれている。

その狼狽ぶりが面白くて、つい笑ってしまった。

「大丈夫ですよ。でも、もうちょっと加減お願いします」

「すまない。嬉しくて、つい……」

言うと、クリス様は私の額に自分の額をこつんと合わせた。

「セラ」

「何ですか？」

「……生きていてくれて、有難う」

そんな当たり前の事、お礼言わないでくださいよ。人間、死なない限り生きてんですから。

でもそれ言うならさ。

「クリス様こそ、生きていてくださって、有難うございます。……諦めないでくださって……」

もう嫌だ、終わらせてくれ、と言っていたのに。それでも諦めず、投げ出さず、今日まで来た。

「有難うございます……」

きっと、クリス様が諦めなかったから、今私はこうして生きている。

お礼を言うのは私の方だ。

二人で暫くお礼を言い合い、何だかだんだん可笑しくなってきて、最終的には二人で笑い合うのだった。


明け方、ふと目が覚めた。

窓の外から、鳥の鳴き声がする。……が、まだ暗い。いや、暗いのはカーテンのせいか？

時計を見ようと思ったのだけれど、身動きが取れない。……と思ったら、背後からクリス様にがっちりホールドされていた。

クリス様、意外と着痩せなさる方でしたわ……。中々のマッチョでしたわ……。ご本人曰く「護身くらいはと思って」と、身体を鍛えておられたのだそうで。

そのクリス様の腕が、私をがっちりぎっちりホールドしている。

……何で外れねえんだ、この腕。寝てるよな？　何でこう、ぎっちぎちに力入ってんだよ……。

ふんぬ！　と頑張ってみても、びくともしない。どうなってんだよ……。

多分私、呼ばれてるのに……。

「……セラ？」

「あ、起きちゃいました？」

そんならちょうどいいから、この腕外してくださいません？　そういう意味を込めてクリス様の腕をぺちぺち叩いたら、逆に力を込められた。

「ぐぇ」

「どうしたの？　……まだ、夜も明けてないだろう？」

「そうなんですけども……」

クリス様が腕を離してくださったので、ベッドに身体を起こした。時計を確認すると、確かにまだ夜明け前だ。

でも、行かねばなるまい。

「私、どうも呼ばれてるみたいで」

あっちかな？　という方向を指さした私に、クリス様も身体を起こした。

「一緒に行こう。……私がついて行って、どうなるものでもないだろうが」

「クリス様は、呼ばれてる感じとかはしませんか？」

「ないね。だから今回は、君なんだろうね」

そっかぁ～……。今度は私がデスループ？　それは勘弁願いたい。


着替えて、燭台を片手に部屋を出た。

本来部屋の外には騎士様や侍従や侍女なんかが居る筈なのだが、誰も居ない。

「……やはり、誰も居ないな」

「居ませんね……」

怖いくらいしんとしている。

宝物庫の場所は知っているけれど、そちらの区画へは私は入った事がない。

けれど、呼ぶ声に従うように、足が勝手に動く。中々に気色悪い現象だ。クリス様居てくれなかったら多分、私めっちゃ独り言いいながら歩いてるわ。怖いから。

だって、道中がマジで無人なんだもん！　オカルトは聞く分にはいいけど、経験はしたくないんだよぉ！


目的地は分かっていたけれど、思っていた通り宝物庫の扉の前に着いた。

私は鍵など持っていない。そして、開け方も知らない。

「開けてごらん」

やっぱ、それしかないっすよね……。

豪華なノブに手を伸ばし、扉を開けてみる。本当に、重さも何もなく、扉はすいっと簡単に開いた。そして中から溢れてくるのは、真っ白な光だ。

天井から壁から床から、一面全部真っ白だ。ゲームでテクスチャの指定を間違った場所みたいだ。

そこに、ケースに入れられていた筈の『精霊の石』が嵌まったネックレスが浮いている。石の色は当然、綺麗に透き通った青だ。

《望みを聞こう。異世界の娘》

うわ、きっしょ‼　マジで頭ん中に響く！　これ気持ち悪い！

……ていうか、『異世界の娘』⁉　この『石』って、何をどこまで知ってんの⁉　もしかして、私の『異世界転生』って、この『石』がやってんの⁉

《望みは？》

とっちらかる私の脳内にお構いなしに、石の声が響く。

「……クリス様には、石の声とかって、聞こえてるんですか？」

横に立つクリス様を見ると、クリス様は苦笑した。

「いや、今は、何も。君には何か聞こえるかい？」

「『望みは？』と」

言うと、クリス様がふふっと笑った。

「そうか。……一回目の私のように、迂闊な事を願わぬようにね」

それ、笑い事じゃないですよね……？

望み、かぁ……。クリス様のデスループが終わったのかどうか教えて欲しいとかって、アリかなぁ？

《それは終了した。ループは抜けた》

うお⁉　答えたァァァ‼

今の『回答』、サービスっすか⁉　気前いいっすね、石さん！

《いいから、望みを……》

ちょいタイム！

「クリス様！」

これはお教えせねば！

「な、何？」

恐らく満面の笑みであろう私に、クリス様がちょっと戸惑っておられる。可愛い。

「クリス様の『やり直し』、終わったそうです！」

「え……？　本当、に……？」

「今、石さんがそう言いました！」

「石、さん……、が……」

《もういいか？　望みは？》

今の『タイム』を望みとカウントしないとか、石さん太っ腹！

『三つの願い』系の話で良くあんのにね。そういう下んない事『願い』ってカウントして、「ではさらばだ」みたいなヤツ！　それに比べて、石さんの気前の良い事ったら！

《だから、望みを……》

私の『愛する人』の、幸せを！

実はひそかに、ずっと考えていたのだ。もし自分だったら、何を願うかなあ……と。これはアレだ。「宝くじで三億当たったら、何買おうかな～」と同じ発想だ。取らぬ狸の何とやらだ。

そしてひねり出したのが、これだ。

なるべく広範囲に、そしてなるべく効果を限定しない。ぼんやりとした願い事だ。『愛する人』はクリス様は勿論、実家の家族たち、国王陛下や王妃殿下、いつもお世話してくれる使用人たちなどなど、大量だ。その人たちに、何かいい事ありますように！　というぼんやり感だ。

どうかね、石さんよ。叶えてくれるのかね？　ん？

《承知した》

マジか‼　正直、無理かと思ってたわ！　見くびってスマンかった！

私の願いを聞き届けてくれたらしい石は、そのますうっと色を青から緑に変え、部屋の中を真っ白に染めていた光も消えた。石があった場所には、パリュールのケースが安置されている。そのケースを開けてみたら、中には例の豪華すぎるパリュール一式が揃っていて、使用されている石はどれも黄色がかった緑色をしていた。

はえ～……。ホントにこんななるんだぁ……。

ほけっとその光景を眺めていると、再度、頭の中に声がした。

《感謝する。特異点の王子と、異世界の娘よ》

……『特異点の王子』？　どういう意味だ？

怪訝な気持ちで隣を見ると、クリス様も怪訝な顔をしておられた。

「……『異世界の娘』？」

おぅわ！

「今の声……、クリス様にも、聞こえて……？」

……た、んでしょうか……？

「聞こえたけれど……、どういう意味だろうか？」

う～～～ん……。

ぶっちゃけ、クリス様の『特異点』というのは、分からない。石さん、致命的に言葉足らず。

ただ、私の『異世界の娘』は、言葉通りだ。

そうだなぁ……、何かすっかり目も覚めちゃったし、その話でもしてみようかな。どうせ今日から暫く、何の予定もないんだし。暇つぶしくらいにはなるかも。

私は隣に立つクリス様の手を、繋ぐように取った。もう最近じゃ、夜会なんかでも手を握られる事もなくなったから、何だか久しぶりだ。

「とりあえず、お部屋に戻りましょうか」

「うん。……セラ、寒くないかい？」

「大丈夫です。……で、今度はクリス様が、私のお話を聞いてください」

長くもないし、面白くもない話ですけど。

何故か異世界の記憶を持って生まれた女の子が、乙女ゲームの登場人物の七つ年上の王子様にいきなり婚約を申し込まれて困惑する話を。

いいよ、と笑うクリス様と一緒に、宝物庫を後にした。

ここから先は全部、何度も『やり直し』てきたクリス様も、知らないお話ばっかりですからね。

一緒に色んな事を経験していきましょうね。

楽しみですね、クリス様。

【おまけ】世界の意思と石

その『石』は、世界を創った者により生み出された。

創造主は世界の管理者でもあり、彼は世界の存続を願う者でもある。

けれど創造主が一人で管理するには、世界は広くなりすぎ、知能を持つ生物の数が増えすぎた。

そこで創造主は、一番管理の容易《たやす》い気性の穏やかな平和主義な人々の一団に、石を授けた。


この石は、『願いを叶える石』だ。そう言って。


石は周辺の膨大な情報《データ》を収集し、取捨選択し、分類し、それを元に『願う者《クライアント》』の『願いを叶える』。創造主より、そういう命令《コマンド》が優先度の最上位として与えられている。

ただし、叶えるべき願いに制限がかけられている。

『世界の破滅を願うもの』

『他者を害する恐れのあるもの』

『他、平和的でないと判断できるもの』

これらは、『叶えられない』と破棄して良い。

石は情報を収集し、平和的な願いを持つ者を呼び寄せ、願いを聞く。

そこからまた情報を収集し、創造主に報告《レポート》を送る。

『今日もこの国は平和です』と。

その報告を見て創造主は安堵する。あの国は、石に任せておいて大丈夫だな、と。


けれどその石が、なにやらおかしな動きをし始めた。

気付いた創造主が石の直近の記録《ログ》を確認してみると、石は何度も同じ時間軸の行ったり来たりを繰り返している。

大体同じ時間まで進んでは、一定の時間まで戻る。

何の誤作動《エラー》だろうか。


石は『自分が叶えるべき願い』に優先度をつけている。それは収集した膨大な情報と状況から、石が自分で『最適』と判断した順位だ。

叶え終えた願いは、石の作業領域から削除される。

現在実行中の『願い《タスク》』は、六つ。

優先度順に、『この国の恒久的な平和』『国の存続』『王族の健康と幸福』『王家の存続』『現王の健康と幸福』『次期王の健康と幸福』。

……何と平和な願いだろうか。それを願った者の多い順に優先度が組まれているようだ。一体、何人の者が『平和と健康と幸福』を願ったのだろうか。

そしてこの平和な願いしかない状態で、何を無限ループしているのか。


石がぐるぐると巡り続けている時間の最後は、決まって『王族の健康と幸福』『王家の存続』が達成できなくなっている状態だった。

一人、特異点《バグ》のような王子が居るからだ。

何度やり直しても、その王子の存在で六つの内の数個が達成不可となる。

どれだけ状況を変えてもだ。


創造主は更に時間を進めて様子を見た。

石のループ試行回数が千を超えても、解決策はないようだった。


うん、ダメだ。

これ無限ループだ。

さてどうしようか。石の行動設定《プログラム》を書き直すか？　いやそれより、あの王子を『居なかった事《デリート》に』するか？　いや、王子が居ないと、王家の存続が成らなくなるから、結果として無限ループか。

さて、どうするか。


現状、『その世界』にあるもので解決策が見出せないならば、『別の世界』から持ってくるか。

創造主が目を付けたのは、自分が管理運営する世界と全く異なった文化・文明を持つ世界。そこで流行している『異世界転生』という概念。

そういうものが浸透しているのであれば、別の世界に放り込まれても順応するだろう。

ただ、七十億を超える中から、誰を向こうに送るのか。大量の魂《データ》の転送は面倒臭――いや、世界に負担がかかる。

条件を絞ろう。

まず、女性。『異世界転生』という概念に抵抗がない者。あの王子が興味を持ちそうな者。

それでも多すぎる。さらに絞ろう。

自分が管理する世界に興味を持ってくれる者がいい。自分にとって愛着のある世界だ。可能ならば、愛してくれる者がいい。

創造主は一人のゲームクリエイターに啓示を与えた。

これこれこういう『乙女ゲーム』を作るのです……。大ヒット間違いナシでしょう……(大ウソ)。

石が収集していたループの情報が、乙女ゲームの構造と似ていたところからの発想だ。実際のところ軸となっているのは王子の方なのだが、高確率で王子の妃となる女性の動きが、まるで『乙女ゲームのヒロイン』のようであるのだ。

啓示によって作られた乙女ゲームに興味を持ってくれた女性から選ぼう。……意外と本当に売れた。しかもマンガにまでなった……。マンガの方がゲームより売れた……。何でや！　ゲーム良かったやろ（マジギレ）！


ともあれ、それらに興味を持ち、触れてくれた女性から一人を選んだ。

一番、『創作物の登場人物』である王子をボロクソに扱《こ》き下《お》ろしていた女性だ。

マンガを読みながら定期的に「ねぇわ」と呟いていた。

創造主は、その女性の魂を記憶ごと自分の世界に転送した。

どうかその調子で、あの王子に「ねぇわ、あり得ねぇ」を連発しておくれ……と願いを込めて。

世界の管理記録《セーブデータ》から、王子の誕生前まで時間を戻す。

そこに別の世界から持ってきた女性の魂を、こちらの世界に反映する。

これでどうだ。

時間を進めて観察したが、やはり一点でループから抜けられなくなった。

どうやっても、異世界から持ってきた女性が殺されてしまう。

王子は大分マシになった。……というか、能力《パラメータ》が高すぎて怖いくらいの人物《キャラ》になっている。むしろここまでいくと、『人間』を超越している。仙人か神のようだ。

その王子をもってしても、彼女が守れない。『王子が興味を持ちそうな女性』を選んだだけあり、王子は彼女を愛してくれたようだ。だが、その愛情が強すぎて、彼女が死ぬと王子も死を選んでしまう。

これでは駄目だ。

けれど、何度やり直しても女性は死んでしまう。

暗殺される、弟に殺される、侍女に殺される、挙句の果てに、通り魔に遭う。

通り魔のような無差別《ランダムイベント》な犯罪にまで巻き込まれるようでは、どうにもならない。

石が収集し続けてくれている情報を元に、考え直してみる事にした。

あの女性を死なせない為に、どうしたら良いのか。

創造主ではあるのだが、あの世界で自生したものは、自分でも手を入れる事は出来ない。存在を丸ごと消す事は出来るが、例えば王子が生まれる年を早めるだとか、遅らせるだとかは不可能なのだ。

後から加え入れた異世界の女性だけ、それが可能だ。

彼女が弟に殺されるならば、弟より一年後に生まれる事にしてみたらどうか。

石に結果を計算《シミュレート》させる。

やはり『兄』となった弟に殺された。

では二年。……やはり弟に殺される。

何故だろうか、彼女が死亡する日は毎回同じだ。調べてみると、世界が『異物』である彼女を排除しようとしているようだ。『世界そのもの』に手を入れるのは難しい。一か所いじっただけで、何処にどれだけの影響が出るのか分からない。

……彼女や王子に頑張ってもらおう。王子、がんばえー！

三年。……同年であれば親友であった令嬢に殺される。何コレ、エグい……。

四年。……やはり令嬢に殺される。原因は嫉妬だ。令嬢も実は、王子に心を寄せていたらしい。

王子の能力値が高すぎるのも問題だな……。それもちょっと考えよう。

五年。……やっと彼女が死ぬ事無く天寿を全う出来た！　これだ！　……いや、これ、か……？　王子との年齢差、七つとかになっちゃってるけど……。ああ、でも、王子の方は問題ないか。愛情《好感度》も執着も振り切ってるし《カンストしてる》。


さて、これでループを抜ける条件は整った。

王子の能力が一定以上の高さである事と、異世界の女性が王子より七つ年下である事だ。……王子の能力は、高すぎると逆に上手くいかないのだ。思考のパターンなどが『一般的な人間』から逸脱してしまう。言ってしまえば『人間味がない』人物となってしまうのだ。

そんな人物が王となっても、恐れられこそすれ、愛される事はないだろう。

なので王子の能力値が適度に高かった頃――異世界の女性の死を二度ほど目の当たりにした頃だろうか。その記録《セーブデータ》を探し、そこに異世界の女性が七つ年下になるように組み込んで。

保険として、彼女を殺す女性に、『彼女と友人であった記憶』を残して。

はい、やり直し《リスタート》。


ついでに手元に残った膨大な試行錯誤の記録を、あのゲームクリエイターにぽいっと。さて、何が出来るかなー。

インスピレーションを得たクリエイターが作ったのは、乙女ゲームのスピンオフで推理系サスペンス・アドベンチャーだった。乙女ゲームを『本編』として、その裏側で渦巻く陰謀を暴き、自身の死を回避しろ、というものだ。

そしてそのゲームは本編以上に売れた。死に体の『推理系アドベンチャー』というジャンルなので、そのジャンルに飢えていたマニアが飛びついた。シナリオの出来が良いという評価で、シナリオを読むゲームが好きな層にも刺さった。当然、本編のファンも購入した。

最終的な評価は『本編はプレイしなくていいから、こっちはやっとけ』に落ち着いた。

何でや‼　本編良かったやろ（ガチギレ）‼

ゲームの真相ルートは、主要キャラクターが誰も死ぬ事無く、全ての脅威を取り去り大団円だ。

やはり『物語』はこうでなくては、と創造主も大満足《ニッコリ》だ。……乙女ゲーム本編がスピンオフ各種に負けている事以外は。


そして石は今日も、創造主に報告を送る。

『今日もこの国は平和です』

番外　隠密からの徒《つれ》然《づれ》なる~~日記~~報告書

クリス様のお話にちょいちょい登場して、異常な存在感を放つ隠密。今回のクリス様の『二十五歳危機』を、颯爽と現れ救った隠密。

私は彼が、どうしても気になって仕方なかった。……いや、なるよね。なるでしょ！

主であるクリス様が悲壮な覚悟でデスループ抜ける為に頑張ってらっしゃる脇で、常に勝ち組人生エンジョイ勢な彼。

お話を聞く限りでは、常に楽しそうな隠密氏。

そんな彼からの日記——もとい報告書を、見られるならば見てみたくなるのが人情というものだ。

物は試しと、クリス様に「見せていただく事は可能でしょうか？」と訊ねてみたらば、めっちゃあっさり「構わないよ」と言われた。やったぜ。

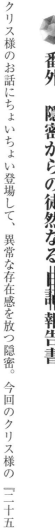

クリス様の執務室にお邪魔すると、部屋の中央にある応接用のテーブルの上に、何かの紙の束が積まれていた。

……え？　もしかして、これ全部、わくわく隠密ダイアリー？

「一応、今まで受け取った日《にっ》……報告書は、全部纏めてある。持ち出しは許可できないけれど、好きなだけ見ていって構わないよ」

持ち出し禁止という事はやはり、今回も何かシュターデン絡みでヤバい出来事が……と思ったら、そういう理由ではなかった。

「ある一つの家庭の、詳細な日常が記されているからね。大多数に開けっ広げに見せるような代物ではないだろう?」

「ああ……、そうですね」

そりゃそうだ。

この世界では個人情報の扱いなんかは、現代の地球に比べたら雑もいいところである。けれど、雑であるからと、誰彼構わず吹聴して回って良い……という事にはならない。

「それに、今回は特にシュターデン絡みの出来事なんかは全く起こらなかったのだけれど、『城の隠密を派遣した』事には変わりはないんだ。そういう意味でも、秘して然《しか》るべきものではある」

それも確かに、その通りだ。

しかも、『彼を何の為にそこへ送り込んだのか』は、ごく少数の人間しか理解できない事でもある。

成程、成程……と納得していると、クリス様が私を見て苦笑した。

「とは言え……、その『報告書』の中に、彼が『城の隠密らしい働き』をする場面は収められていないけれどね」

……ないんだ……。クリス様、ネタバレ早いっすよ……。

いや、今回は平和であったという証拠なのだから、きっと良い事なんだ。そう思っとこう。

クリス様のお話によれば、隠密には『最低でも月に一度』の報告を義務付けていたらしい。けれど、流石に何事もない日々の方が多い。なので、そういった特に何事もない日に関しては『異常なし』と捨て置いて良い、という事になっていたそうだ。

「……と、言っておいたのだけれど、隠密からは毎月一度どころか、二週に一度は必ずこうして報告書が上がって来てね……。内容は……、まあ、見てみると良いよ」

クリス様の虚ろな苦笑が、既に内容を物語っている気がしますが……。

クリス様が隠密を派遣したのが、クリス様が五歳だった頃だ。今からだと、二十年前だ。

そして隠密に課していた任を解いたのは、実はつい最近だ。私が十八の誕生日を迎えた翌日、クリス様から隠密に通達を出したそうだ。そしてその際に、「これからも城に席を置き、隠密として仕事をするか、今居る場所で一人の市井の民として生きるか」を選択してもらったらしい。

隠密氏の答えは当然、「村に残り、家族と共に暮らしていきたい」だった。

なので彼は現在は、『元・隠密』だ。今は本当に、ただの辺鄙な村の農民でしかない。当然、城で隠密をやっていた事なんかは、絶対に誰にも話せない。それ以外にも、隠密として業務に当たっていた頃に知り得たアレコレなんかも、一言たりとも漏らしてはいけない。

実は去年、それらの誓約書にサインをする為、隠密氏は城を訪れていたらしい。知らんかった。隠密氏は隠密らしく、城の官吏に紛れる事の出来る小綺麗な服装でやって来て、誰にも咎められる事無くクリス様の執務室まで悠々と一人で歩いてきたらしい。素直にすげえ。クリス様が隠密氏を『優秀だ』と仰る意味が良く分かる。

そんな優秀な隠密氏からの報告書を、私はちょっぴりわくわくしながら手に取るのだった。

クリス様が「何事も無い日は捨て置いて良い」と言った通りで、隠密氏の『報告』は日付が飛び飛びだ。

日付の古い順に紐で綴られていて、クリス様の几帳面さに感心してしまう。

一番古い日付は、隠密氏が村へ潜入した日だ。その日の報告書には普通に、村への潜入に成功した事、古い空き家を借りる事が出来た事などが書かれていた。

その三日後の日付になっている報告書から、もう『報告書？』と疑問符が付く有様だった。

【○月×日

アンネッタとの接触に成功。夕食をご馳走になる。メニューは豆の煮込みと、羊のソテー。これ程に美味な食事は、これまで経験した事がない。彼女はもしや、天から遣わされた御使いなのでは!?】

……お気付きだろうが、『アンネッタ』とはヒロインちゃんのお母さんだ。

というか隠密、報告書の一枚目から花畑が満開だ。

【殿下にアンネッタの特徴などの報告を忘れておりました事に、今気付きました。彼女は中背で痩せ型の体躯《たいく》ながら、不健康そうな印象はなく、むしろ輝かんばかりの存在感のある女性です。肌色は日々の農作業で少々浅黒いながらも、それが却《かえ》って健康的な印象となり、笑うと口元に白い歯がこぼれその対比がまた見る者の目を惹きつけます。髪は赤味がかった茶色で、陽の光にキラキラと、まるでそれ自体が光を放つかのように美しく、彼女の印象をより強いものにしています】

……隠密、一通目の報告書からトバし過ぎじゃね？

この調子で、ヒロインちゃんのお母さんへの賛辞がずらずらと続いている。要約すると、「とにかくすんごい好みのタイプ‼」だ。隠密の彼女への熱意だけは、ものすっごく伝わってくる。……というか、それ以外伝わってこない。

どうなん？　この報告書……。

ヒロインちゃんのお母さんへの賛辞を読み飛ばし、次へと進む。

隠密氏は『任務遂行の為』に、アンネッタさんと親密になる作戦に出る。……言っちゃなんだが、ほぼストーカーだ。

殆ど毎日、アンネッタさんを訪ねていって、世間話をしたり彼女の手伝いをしたりと、なんやかんややっていたようだ。

そしてアンネッタさんに「お礼に」と食事をご馳走してもらうまでが、ほぼ毎日の流れである。

というか、隠密の報告書、ほぼ毎日の出来事が書かれてるんだけど……。

食事を共にする内に、隠密曰く【少々、人見知りのきらいがある】らしいヒロインちゃんも、隠密氏に少しずつ懐いていったようだ。

【今日はフィオリーナに、「スコットさんみたいな人が、お父さんならいいな」と言われました！】

……良かったね。因みに『スコット』とは、隠密氏の名前だ。クリス様曰く、恐ろしい事に本名らしい。何故、名乗ったし……。

【『お父さん』……、何と甘美な響きなのでしょうか！】

……うん。良かったね……。

【そう言ったフィオリーナをたしなめるアンネッタの頬が紅潮していたのを、私は確かに見たのです！　これは……、イケるのでは……⁉】

…………。この『報告書』は、何を報告する為のものだっただろうか……。今のところ、隠密氏の恋愛の進捗しか報告されていない。

ヒロインちゃんに「お父さんならいいのに」と言われてしまった隠密氏は、そこから更にはりきってしまう。

そして村へ潜入してから四か月後、意を決してアンネッタさんにプロポーズをする事になったようだ。

【余り張り切った服装で行って、断られたら目も当てられないと思い、いつも通りの粗末なシャツにズボンという服装で行く事に決めました。】

……うん。好きにしたらいいんじゃないかな。

【花屋などという洒落た施設もないので、近場の森でキノコを沢山採り、それをアンネッタへの手土産にする事にしました。】

チョイス‼　何故そこでそのチョイス‼　森ならもっと、果物とかあるでしょうよ‼

【私を貴女の家族にして欲しい、と言うと、アンネッタは顔を真っ赤にして目には涙を浮かべ、そっと頷いてくれました。おお、神よ！　ここに天使が居ります‼　この天使を地上へと遣わして下さった事、感謝いたします‼】

……隠密氏のテンションが上がれば上がるだけ、読んでるこっちのテンションがダダ下がるのはどういう事か。

【余談でありますが、私が彼女にプレゼントしたキノコは、その日の夕食のスープになりました。非常に美味でした。】

……良かったね。

アンネッタさんと結婚後の隠密は、やはり日々浮かれたり沈んだり忙しそうにしながら、農作業に精を出している。

結婚から一年ちょっと経つ頃には、ヒロインちゃんに双子の弟妹が産まれた。それを報告する隠密氏の手紙の文字が、涙で滲んでいた。

【美しくも優しい妻と娘を得た事だけでも、身に余る程に幸せであるというのに、更なる幸福を得ようとは思ってもおりませんでした。】

城の隠密という人々は、様々な事情で家族というものに縁のない者が多いそうだ。隠密氏も例に漏れず、元は孤児であったらしい。

【『家族』などというものに縁なく生きて死ぬのだろうと覚悟を決めていた筈ですのに、妻の出産に際して「子供たちや妻を、何としても幸せにせねばならない」という気持ちが芽生えてしまいました。……隠密としては、それらは余計な感情でしかないのでしょう。殿下にもお叱りを受けるであろう事は、重々承知しております。ですが、私の任は『アンネッタとフィオリーナを守る』事である筈です。そこからは逸脱しておりません故、どうかお目溢しを願えませんでしょうか。】

「……クリス様」

「うん？　どうかした？」

呼びかけると、クリス様が目を落としていた書類から視線を上げこちらを見た。

そのクリス様に、私は今読んだ報告書をそのまま読み上げた。

「クリス様はこれに、何とお返事されたのでしょう？」

ダメだ、とは言わないだろうけれど。

「『好きにするといい』と。愛する者を守りたいのだという彼に、『それは違う』などとは、到底言えないからね」

……ですよね。良かった。

家族が二人増えた隠密氏は、それからも日々忙しく農業に精を出している。……というか、農業しかしていない。

その間、ヒロインちゃんには村に彼氏が出来ていた。

邪魔したくて仕方ない隠密氏を、アンネッタさんが身体を張って止めていたようだ。

ヒロインちゃんの弟妹である双子ちゃんは、男の子はやんちゃで元気な子で、女の子はヒロインちゃんより更に人見知りで恥ずかしがり屋のようだった。女の子は隠密氏曰く【お父さんが大好きで堪らない】様子らしいのだが、その『お父さん』が自分で書いている書状なので話半分以下で聞いておくのが良さそうだ。

とにかく、奥さんと子供たちにデレデレの、幸せなお父さんの日記が続いていた。

そしてちょいちょい、【穫れすぎたので】と城宛てに農作物を送っている。麦やら豆やらはいいとして、キュウリみたいな日持ちのしない夏野菜はやめて差し上げろ。クリス様だけでなく厨房も困るだろうに。

私が一通り読み終え、何だかちょっとぐったりして溜息をついたら、クリス様がそれに気付いてくすくすと笑っていた。

「疲れるだろう?」

「……そうですね……」

何しろ、隠密氏のテンションが高い。読むこちらは真顔になってしまう話ばかりなので、謎の疲労感がすごい。

クリス様は机の抽斗から何かを取り出すと、それを持ってこちらへやって来た。

「そしてこれが、彼からの最後の手紙だよ」

言いつつ差し出してくれたのは、一通の手紙だった。

報告書ではなく、『手紙』だ。宛先は城の内務になっている。けれどその宛先になっている部署は、実際は存在しない。隠密からの連絡手段として用意されている、架空の部署だ。

私はクリス様からその封筒を受け取ると、中から便箋を取り出した。

数枚の便箋に、報告書で見慣れてしまった隠密氏の文字が並んでいた。

【まずは、殿下へ直接このような書状を送り付けます非礼を、お詫びいたします。

礼を失した不躾な行為であるので、お読みにならず破り捨てて下さっても構いません。

このような非礼な行為に及びましたのは、殿下にどうしても、一言だけでも感謝を伝えたいと思ったからでございます。

私をあの村へ派遣して下さった事、心より感謝いたしております。

殿下に任務を伺った当初、何故そのような任を私に？　と訝《いぶか》る気持ちがありましたのは事実でございます。今も尚、私に与えられた『アンネッタとフィオリーナの身辺警護』という任務の『意味』は理解できておりません。

ですがそれは、燕雀《えんじゃく》に鴻鵠《こうこく》の考えが分からぬのと同様でございますので、気にしておりません。

それよりも私は、これで殿下の憂いが一つは払えただろうか……という事だけが気がかりでございます。

私が知るのは御幼少の頃の殿下のみでございます。あの頃の殿下は、常に何かを憂いておられるご様子でした。

私は僭越ながらも、殿下の憂いの元の一つがその鄙びた村の一組の母娘にあるのならば、私が彼女たちを警護する事で殿下の悩むべき事を少々減らす事が出来るのでは……と愚考いたしました。

報告書なども、本来ならば殿下にお時間を取らせてまで照覧いただくような代物ではありません。ですが、「特別な事は何も起こっておらず、ただ毎日楽しく暮らしています」とお伝えする事で、殿下のお気持ちが少しでも軽くなられたら……と、必要以上の枚数を送り付けてしまいました。少しは、気晴らしなどになりましたでしょうか？

今回、任を解かれたという事は、殿下にとっての憂いが一つ解消したという事で、非常に喜ばしく思っております。

私はこれから、爵位も位階も持たぬ農民として、あの村で暮らしていく所存でございます。ですので、殿下にお目通りする事は二度と無いかと存じます。

それでも私は、これからも毎日、祈りを捧げたいと思っております。

どうか、殿下の御身が健やかならん事を。やがて訪れる殿下の御代が、安らかならん事を。

私に望外の幸甚を与えて下さった殿下に、神の祝福があらん事を。】

……ヤバい。まさか、隠密ダイアリーで泣くとは思わなかった。いや、泣いてないけどね！めっちゃ堪えてるけどね！

ていうか隠密氏、めちゃくちゃ忠義の臣じゃん……。こんなカッコいいオチ、予想してなかったよ……。

あのふざけた『報告書』がわざととか、想像もしてなかったよ。

「……クリス様は、愛されてるんですね」

隠密氏の最後の手紙を封筒に戻しながら思わず呟いたら、クリス様は何も言わずにただ微笑んでらした。

その笑顔がとても綺麗で穏やかで、私は「隠密氏、グッジョブ！」と思ったのだった。

好感度カンスト王子と転生令嬢による乙ゲースピンオフ　2

＊本作は「小説家になろう」（https://syosetu.com/）に掲載されていた作品を、大幅に加筆修正したものとなります。
＊この作品はフィクションです。実在の人物・団体・事件・地名・名称等とは一切関係ありません。

2024年2月20日　第一刷発行

著者 …… ぽよ子

イラスト …… あかつき聖
発行者 …… 辻 政英
発行所 …… 株式会社フロンティアワークス
〒170-0013　東京都豊島区東池袋 3-22-17
東池袋セントラルプレイス 5F
営業　TEL 03-5957-1030　FAX 03-5957-1533
アリアンローズ公式サイト　https://arianrose.jp/
フォーマットデザイン …… ウエダデザイン室
装丁デザイン …… 鈴木佳成［Pic/kel］
印刷所 …… シナノ書籍印刷株式会社